×《バツ》ゲーム

batsu-game yusuke yamada

山田悠介

幻冬舎

×《バツ》ゲーム

目次

装幀　松田行正

プロローグ

あの日のことは、今でも鮮明に憶えている。

僕たちが幼稚園の頃、毬子《まりこ》の父親が突然病気で亡くなった。告別式を終え、火葬場に着いてからも、毬子は空へと立ち昇る煙を見ながらすすり泣いていた。母親同士が仲がよかったこともあり、いつも毬子と一緒にいた僕は、そっと彼女に歩み寄った。

「毬ちゃん……泣かないで……」

無理もなかった。毬子は父親のことが大好きだった。毬子の妹の育児に忙しかった母親に代わって、一緒におままごとをしてくれたり、夏休みにはプールに連れて行ってくれたりと、毬子にとって、かけがえのない父親だった。心の底から愛していた。将来はお父さんと結婚するとまで言っていた。

それなのに……。

あの時は神様は本当に残酷だと思った。こんなにも幼い子から、最愛の人を引き離すのだから。

「ねえ……毬ちゃん」

もう一度声をかけると、目を真っ赤にした毬子は僕を見つめた。

「お父さんがいなくても大丈夫。これからは僕が毬ちゃんを守ってあげる。だからそんなに泣かないで……」

彼女の悲しむ顔を見るのが辛くて、そう言葉をかけると、彼女はコクリと頷いた。ホッとした僕は微笑み、いつものように手をつないで、煙へと姿を変えた彼女の父親を眺めていた。

「お父さん……本当にいっちゃったんだね」

最後に呟いたその一言が印象的だった。子供ながらに辛い現実をしっかりと受け入れたような言葉だった。

もう二十年くらい前の出来事なのに、これほどハッキリと憶えているのにはわけがあった。

あの時の約束を、僕は守ってやれなかったから。

だから、せめて彼女には幸せになってもらいたかった。

ただ、それだけだったのに……。

蕪木毬子

1

十一月二十三日。土曜日（祝日）。

妙に肌寒い一日だった。

本格的な冬が、訪れようとしていた。

落ち葉が風に吹かれ、カサカサと音をたてて飛ばされていく。まるで枯れ葉の大行進を見ているようだった。

小久保英明は、赤いバイクを一軒家の前に停め、ポストの前に立つと、郵便物を一通一通、確認する。寒さが厳しいので今すぐにでも配達を終わらせたいのに、指サックを忘れたせいで、なかなか郵便物をうまく摑《つか》めない。苛々《いらいら》する。

隣の犬の鳴き声が余計苛立ちをあおる。

腕時計は午後四時を示しており、あと四十五分以内に局に戻らなければ、残業を命じられてしまう。いっそのこと、郵便物を全て捨ててやろうかという思いがよぎる。が、苦労してせっかく郵便局員になれたのだ。そんなことをしたら、即刻クビになってしまう。

英明は急いで赤いバイクにまたがり、次の配達先に向かった。

二十二歳の小久保英明は神奈川県の大和北郵便局に勤める配達員である。南関東郵政局に合格し、地元である大和市への配属希望を出したが、まさか本当に希望が叶うとは思わなかった。あまり例がないそうだ。

それから約八ヶ月間、第二集配営業課として、郵便物を配っては局に戻り、事務の仕事をこなすという日々を繰り返していた。それでも、仕事を苦痛に感じたことはなかった。外に出て誰にも監視されない中で仕事ができる気楽さが、自分にあっていると思っていた。人間関係も、悪くはない。

四時十五分。いつもより急いだ甲斐《かい》あって、郵便物も残り一束まで減っていた。最後の一束は少ないので、急がなくても五分で終わらせられる。ただ……。

「これがちょっとなー」

郵便物を入れておく「ファイバー」と呼ばれる箱を確認すると、『定形外』という、ポストに入らない大きい郵便物が残っていた。それを見て英明は顔を顰《しか》めた。

住人が在宅していれば手渡して終わりなのだが、不在の場合、『局に持ち帰り保管しておきます』というお知らせ用紙を書かなければならない。送り主の名前や自分が配達に来た時刻、局での保管期限などを専用の紙に書く作業が非常に面倒だった。しかも急いでいる時に限って、不在ということが多い。

「いてくれよ、頼むから」

英明はそう洩《も》らし、最後の束を配り始めた。

だが、悪い予感は的中した。何度インターホンを押しても誰も出てこない。ドアを蹴りたい気持ちを抑え、仕方なくお知らせ用紙を書いてドアポストに挟む。そして、いつまでもブツブツと文句を言いながら、すぐに次の家に向かった。

それでも、四時二十二分には全ての郵便物を配り終えた。

仕事を終えたことへの満足感を抱きながら局に戻ろうとした時、たまたま前の公園に目がいった。

赤ん坊を抱いてベンチに座っている母親。犬を遊ばせている老人。

だが英明の視界に留まったのはそれらの人物ではない。無邪気に遊ぶ小学生だ。

高学年と思われる六人の子供たちが騒いでいる。鉄棒や滑り台で遊んでいるわけではないので、何をしているのかは分からなかった。ただ五人の子供が一人を囲んで、声を揃《そろ》えて叫んでいるのが聞こえた。

「×《バツ》ゲーム！　×ゲーム！」

手拍子をとりながら五人がその一人に「早くやれ」というように、「×ゲーム、×ゲーム」と繰り返している。『×ゲーム』を迫られている子供は、「ふざけんな」と大きな声を上げ、困ったような顔をしている。その光景は平和で、陰湿ないじめが行われている雰囲気ではなかった。おそらく、六人で何かのゲームをして、負けた者が何か『×ゲーム』をすると決まっていたのだろう。

「やっべ」

時間が迫っていることに気づき、バイクのスロットルを思い切り回す。

この時、『×ゲーム』という言葉を聞いても、英明は何も思い出さなかった。

2

大和北郵便局に戻ったのは四時三十五分だった。英明は急いでバイクのスタンドを立て、キーを抜いた。そして、自分の班に戻ろうとして慌てて引き返した。バイクのキロ数を憶えておかなければならない。一日の走行距離を必ず記入しなければならないのだ。

「27518……。よし」

数字を頭に叩《たた》き込むと、再び走って班に戻った。

大和北郵便局の集配課は第一集配課と第二集配課に分かれており、英明は第二集配課三班に所属している。一つの班に職員が約八人、短時間職員が一人に、ゆうメイトと呼ばれているアルバイトが各班に三名ほど振り分けられている。第二集配課には一班から五班までがあり、各班には必ず責任者である班長が一人と、副班長が一人存在する。各班の人間は朝のミーティングで班長、もしくは副班長の指示に従って仕事を進めていくのだ。

英明が戻ると、副班長の松本がデスクに座って黙々と事故郵便を片づけていた。事故郵便とは、引っ越した人宛の郵便物を現住所に届ける仕事で、この作業を行わなければ、郵便物が届かない、という苦情のもとになる。その日の事故郵便は必ずその日のうちに片づけなければならないのだが、今日はなんとしても定時で上がろうとしていた英明にとって、事故郵便を片づける時間はなかった。

「お疲れさまです」

英明は副班長に声をかけた。

「おう、お疲れ」

いつもながらの歯切れのよい返事だ。

英明は業務レポートを引き出しから取り出し、ボールペンを胸のポケットから抜いた。

業務レポートには、一日の配達量を書かなければならない。これもまた面倒な作業だった。

苦労しながらレポートを書いていると、松本副班長に尋ねられた。

「小久保、事故郵便溜まってるんじゃないのか？」

その言葉に、英明は眉をピクリと動かした。書く手を一旦止めて、

「え、ええ……ちょっとだけ」

と顔を引きつらせながら作り笑いを浮かべた。

「どうする？　超勤（残業）一時間かけるか？」

曖昧《あいまい》なままだとズルズルいってしまいそうなので、英明は正直に言った。

「すみません。今日はどうしても用事がありまして、あの、だから」

話せば分かってくれると信じていたとおり、それ以上深く詮索《せんさく》してくることはなかった。

「そうか。なら仕方ないな。市川に任せよう」

英明はホッと一息ついた。

「すみません」

「まあ、しょうがないだろ」

業務レポートを書き終え、残っている書留を責任者に渡し、急いで配達鞄《かばん》を指定の棚に片づけた。後は終了のチャイムが鳴るのを待つだけとなった。

しばらくすると、十歳年上の市川が戻ってきた。お喋《しゃべ》り好きな彼は、班の中で一番仲の良い職員だった。

「お疲れさまです」

市川は相変わらず青いタオルを首に巻いていた。汗かきだからと言うのだが、十一月の下旬にもなってタオルは必要ないだろうと、英明はいつも疑問を抱いている。

「おう、お疲れ」

「市川さん。俺、今日、定時で帰りますんで、事故郵便お願いしますね」

と言うと、市川は露骨に嫌な顔をした。

「えー、やだよ。俺だって今日は定時なんだから」

「いや、松本さんが一時間超勤つけるって」

「マジで？」

すると松本副班長が横から割って入ってきた。

「そういうことだから頼むわ」

「えー」

市川は顔を顰めてうなだれた。

終了のチャイムが局内に鳴り響いた。

「それじゃあ、今日は俺、これで失礼します」

冷やかすように英明は市川に敬礼した。

「おいおい、ふざけんなよ。もう帰るのかよ。一服しようぜ」

「今日は急ぐんです。すみません」

「何かあんの？」

「あれ？　言ってませんでしたっけ？」

「何だっけ？」

「今日は、小学校の同窓会なんです」

英明は私服に着替えるために、自分のロッカーに急いだ。

3

駅から少々離れた賑《にぎ》やかな商店街には、たこ焼きやクレープなどの店がズラリと並んでいた。

中年男性のタバコの投げ捨てを、英明は見て見ぬふりをして追い越した。

青果店からは威勢のいい声が聞こえてくる。ずっとこの調子なのだろうか、店主の声はひどく嗄《か》れている。

後は、人、人、人。

溢《あふ》れるような人の群に遮られ、なかなか前に進めない。

腕時計を確認した英明は、チッと舌打ちをした。

「しょーがねーか」

結局、約束の場所に到着したのは五時半に近かった。英明は目当ての居酒屋に入った。

祝日だからだろうか、五時なのに既に席の半分以上は埋まっている。友達を目で探していると、店員がこちらに近づいてきた。

「いらっしゃいませ！　何名様でしょうか？」

愛想のいい女性店員に英明は、いや、と否定する。

「待ち合わせなんですが」

「ご予約の方でいらっしゃいますか？」

「ええ、新庄で」

英明がそう答えると、こちらへどうぞと案内してくれた。

店の奥まで進むと、大きな座敷部屋から騒がしい声が聞こえてきた。それが六年三組のメンバーであることは間違いない。

「おう！　小久保！　久しぶり。遅かったじゃねーか」

今日の幹事を任されている新庄剛司《つよし》の声で全員の視線を浴びることになった。久しぶりに会う仲間たちはヒソヒソと確認しあっている様子だ。

まずは、当時担任だった森野悟志《さとし》先生に頭を下げながら近づいた。

「先生、お久しぶりです。小久保です。憶えてますか？」

森野はビールの入ったコップを上げた。

「久しぶりだな。今何をやってるんだ？」

少し照れながら現在の職業を伝える。

「郵便配達をしています。実は大和北郵便局なんですよ。家から近いからラッキーっす」

「そうかそうか。あの小久保が今は郵便配達員か。何だか信じられないな」

英明は、へへと笑った。

「先生もお元気そうですね。今も東鶴間小学校ですか？」

「今は中野小学校だ」

「へー、そうなんだ」

森野を改めてよく見ると、やっぱり当時に比べて歳をとったなと感じた。皺《しわ》だって増えたし、頭の毛も少なくなった気がする。卒業してから約十年が経った。担任の頃の森野は二十七歳だったので、今は三十七歳か……。

「それより先生、結婚したんですか？」

森野は機嫌よく頷いた。

「したよ、二年前にな。結局は職場結婚だったけどな」

「それはおめでとうございます」

「おう！　祝いを兼ねて一杯注《つ》いでくれ」

「わっかりました」

英明はビール瓶を両手で丁寧《ていねい》に持ち、斜めに差し出されたコップに注いだ。

「おうおうサンキュー」

森野は相変わらずだった。当時から明るくて面白い先生で、生徒全員に好かれていた。少しおだてるだけで次の授業をレクリエーションに変えてしまう性格は直ったのだろうか。

「ほら、お前も飲め」

今度は森野がビールを注いでくれた。

「お前強いのか？」

「いえ、あまり飲めませんけど」

「なんだ、だらしないな。元俺の生徒だったらガンガン飲まなきゃ駄目だ」

そういうわりには、顔が真っ赤になっている。まだほとんど飲んでいないはずなのに、実は森野こそ酒に弱いのではないかと疑ってしまう。

森野が他の生徒に話しかけたことをきっかけに英明は、当時一番仲の良かった三人のそばに席を移した。

「ホント久しぶりだな」

幹事の剛司の手が、肩にのせられた。

「遅かったな。ぎりぎりまで仕事か？」

次いで、吉池哲也にそう尋ねられた。

「まあまあ、今日はとことん飲もうぜ」

最後に言ったのが石松正だった。

剛司は昔からリーダー的存在で、怖いもの知らずの、悪く言えばガキ大将だった。女子は泣かすし先生は困らせる。学校では問題児だった。だが、今では随分と落ち着いている。大人になったのだろう。

明るくて元気だったのが、吉池と石松だ。この二人がいるといないとでは、場の雰囲気は大違いだ。とにかく人を笑わせるのが好きで、学校ではしょっちゅう喋っていた。そのおかげで授業が中断し、先生に何度も叱られたものだ。英明からすれば愉快だったが、真面目な生徒には鬱陶《うっとう》しいだけだったろう。悪さを考えるのも哲也か正のどちらかだった。ジャンケンに負けた奴が、デパートのおもちゃ売場からゲーム機本体を盗んでくるというのはスリルがあった。結局その勝負には哲也が負けた。本当なら彼一人が逃げなければならないのに、哲也が、いくぞ！　などとこちらに声をかけたものだから、英明たちも被害をこうむった。全員足が速かったので、捕まりはしなかったが。

そんな彼らに英明を含めた四人がクラスの中心的な存在で、当時はほとんど悪さしかしなかった。万引きや自転車盗みもやった。ある時は石を投げて車のガラスを割ったこともある。

「三人は今日休み？」

英明の質問に、剛司が答えた。

「俺は休み。祝日だしな」

「いいなあ。羨《うらや》ましいよ」

郵便局員は休みが毎週違うので、日曜日はもちろん、祝日に出勤しなくてはならない時もあるのだ。

「哲也は？」

「俺も休みだよ」

「正も？」

「俺は仕事だった」

次第に盛り上がってくる周りの声で、よく聞き取れなかった。

「え？　何？」

英明は声を張り上げ、聞き直した。

「仕事！　早めに切り上げてきた」

「へー、そっか」

「で、仕事は大変？」

剛司に聞かれ、英明は眉間《みけん》に皺を寄せながら言った。

「大変大変。これから年賀状の季節だしさ。雨なんて降った日にはもう最悪だよ」

「そうだよな。外回りは大変だよな」

「辞めようとか考えないの？」

哲也のその一言に、「そんなこと簡単に言うなよ」と思ってムッとしてしまった。顔に表れていなければいいが。

「辞められるものなら辞めたいさ」

「てゆーかさ、今日は仕事の話をするのやめようぜ」

英明も正の意見に賛成だった。せっかく久しぶりに会ったというのに、仕事の話だけではつまらなすぎる。

それからは、実はあいつが好きだったとか、よく万引きをしていた駄菓子屋が潰《つぶ》れてしまったとか、あの先生はカツラだったんじゃないかとか、他愛《たわい》ない思い出話で盛り上がった。

やがて話題は少しずつそれていき、現在つき合っている彼女がいるかどうかという詮索に移った。

「お前は今、彼女いるの？」

哲也にそう聞かれ、答える前に剛司が横から割り込んできた。

「逃げられたんだよな？　また」

いくら酒の席だとはいえ、あまりに不躾《ぶしつけ》すぎると英明は思った。

「それはもう一年前の話だよ。てゆーか、それは内緒だったろ」

そう言うと、肩をバシバシと叩かれた。

「まあまあいいじゃねえかよ。もう昔のことだぜ」

「昔のこともなにも、俺そんな話知らないぜ。お前知ってる？」

哲也と正が知らないのは当然だった。このことは剛司にしか話していないのだから。

これまで女性とつき合ったのは、現在も含めて三人だ。それが多いのか少ないのかは別として、過去に二度、英明はつき合っていた彼女と、一ヶ月も経たないうちに別れている。しかも両方、ある日突然、別れが訪れた。一人目は一年半前で、二人目は一年前だ。理由は全く分からなかった。だから英明は自分の何が嫌われるのかを真剣に考えた。が、結局答えは出ず、一時期は恋愛恐怖症にまで陥った。ようやく立ち直ることができた現在、明神《みようじん》理香子という女性とつき合っている。彼女は同じ郵便局の保険課に勤めていて、つき合ってもう一ヶ月が経つ。

「それで、今はいるのかよ。彼女」

「いるよ」

軽く答えると、剛司が冗談めかして言った。

「蕪木《かぶらぎ》毬子」

同時に、全員が崩れ落ちた。笑いが止まらない。

「ふざけんな」

英明は腹を押さえながら声を張り上げた。

「それより今日、蕪木は呼んでないの？」

哲也が面白半分に剛司に言う。

「馬鹿。呼べるわけないだろ。誰が呼ぶんだよ、あんな奴。それに、呼んでも来ねえよ」

「そりゃそーだ」

「今思い出しても、本当にうざったい女だったよな」

憎しみを込めるようにして英明は言った。全くだよ、と剛司が吐き捨てた。

蕪木毬子。当時、六年三組でいじめられていた女子の名前だ。今の今まで、英明の頭の中からは完全に消し去られていた名だった。

六年生の頃、英明たちの間では『×ゲーム』が流行《はや》っていた。体育の授業でのリレーの順位や、テストの点数など、何かにつけて敗者には『×ゲーム』を与えた。段ボールで作った小さな箱の中に十枚ほどの折り畳んだ紙を入れ、負けた者は箱の中から一枚引いて、そこに書かれてある『×ゲーム』を行わなければならないのだ。

○○先生のスカートをめくる。

今日は給食を食べてはいけない。

校庭十周。

授業中にギャグを一発。

芸能人のものまね二つ。

その他にもいろいろな『×ゲーム』を作っては、箱の中に紙を入れた。

だが、本当は自分たちが楽しむためのものではない。蕪木毬子のために作られたのだ。

彼女に対する『×ゲーム』にはいろいろなものがあった。その中で一番屈辱的な『×』を、英明は苦々しく思い出していた。

蕪木毬子にマジ告白。

これだけはどうしても引きたくなかった。これほどいじめ続けている女に告白することなど許されなかった。しかし、英明は二度もそのクジを引いてしまった。しかもそれを引き当てたのは英明だけだったのだ。仕方なく英明は告白をした。その時、三人が陰で冷やかすようにニヤニヤと笑っていたのを今でも憶えている。

「前からお前が好きだったんだ」

蕪木の目の前に立ち、真剣に告白をした。これは『×ゲーム』だとは決して言ってはいけなかった。しかし、告白しても彼女は表情一つ変えず、読んでいた本から顔も上げなかった。むしろそのほうがよかったのだが、告白をするという行為そのものが屈辱的で、英明は彼女の存在自体に怒りを感じていた。早く消えてしまえとさえ思っていた。

いじめが始まった原因は、小学一年生の時、彼女が蟯虫《ぎょうちゅう》検査に引っかかったのが原因だと聞いている。その他にも、蕪木にはいじめられる要素がいくつもあった。

暗い。

無口。誰とも話さない。

小説好き。本ばかり読んでいるオタクである。

少し太っている。

汚らしい。

頭が悪い。

天然パーマ。

出っ歯。歯は矯正中。

笑顔が醜い。

不細工。

運動音痴。

何一つ取り柄がなかった彼女に、クラスみんなの視線は冷たかった。担任だった森野ですら、あまり話をしなかったのではないか。要するに彼女はクラスの邪魔者だった。その邪魔者を英明たち四人は徹底的にいじめた。彼女の父親は既に他界しており、母親と妹の三人暮らしだった。それでも誰も同情などしなかった。英明たちが中心となって、残酷なまでに痛めつけた。

告白をするという『×ゲーム』だって、ただのお遊びだったのだ。

他にはこんなものがあった。

靴を隠す。

消しゴムのかすを頭にかける。

イスに画鋲《がびょう》をばらまく。

トイレに閉じこめる。

頭に思い切りバスケットボールを投げつける。

水をぶっかける。

机に菊の花をかざる。

体操着を破いておく。

エアガンで撃つ。

髪にガムをくっつける。

髪にライターの火を近づける。

机の中にゴキブリの死骸を入れる。

給食に木工ボンドをかける。

あの時、罪悪感など全くなかった。毎日毎日、「死ね、消えろ」とクラスのみんなで言い続けた。

今思えば、やりすぎだったと思うが、当時はそんなこと微塵《みじん》も感じなかった。何をしても、何を言っても、蕪木は何も抵抗してこなかった。本を読んだまま、身じろぎ一つしなかった。そんな態度に余計腹が立ち、英明たち四人、いやクラス中でのいじめはだんだんとエスカレートしていった。

森野も勘づいていたと思う。でも何を言うでもなかった。クラスの誰一人としてかばう者はおらず、森野に告げ口する者もいなかった。そんな人間に、『×ゲーム』とはいえ、告白をしたのだ。蕪木毬子という存在を思い出してしまった今、英明の中で屈辱感が蘇《よみがえ》った。

「あいつは今頃、何をやっているのかね」

蔑《さげす》んだ口調で剛司が言った。

「知らねえ。死んだんじゃねえの？」

普段なら決して使わない言葉が口をついて出る。

「なんか、中学でもずっといじめられてたらしいぜ」

誰から聞いたのか知らないが、哲也がそう言った。

「いじめられてた奴はどこへ行ってもたいていいじめられるからなあ。運命ってこった」

「友達だって、どうせ一人もいないだろ。だから余計いじめられるんだ」

蕪木のことを知っているのは小学校の時までで、学区が違ったので、四人とも彼女とは中学が別々だった。もし中学が一緒だったら、相変わらず彼女をいじめ続けただろうか。

「ああいう奴は絶対に結婚できないぜ。あんなの男が逃げちまうよ」

「でも好きな男ができたら、きっと地獄の果てまで追いかけていくぜ」

「怖い怖い」

皮肉にも、四人は蕪木の話題で一番盛り上がってしまっていた。アッという間に二時間が過ぎ去った。

4

担任の森野を含む六年三組のメンバーは一次会を終え、居酒屋の前でたむろしていた。

「さむー」

あまりの寒さに顔が凍ってしまいそうだった。身を縮ませてブルブルと震えながら、英明は仲間との会話を楽しんでいた。森野はすっかりできあがってしまっており、生徒に身体を支えられている光景は何とも情けなかった。そんな姿を見て、英明は苦笑いを浮かべた。

「仕事のほうはどう？　大変？　雨の時とか辛いんじゃないの？」

名前を思い出せずにいる隣の女にそう聞かれた。

郵便局に勤めていると言うと、必ずといっていいほどまずこの質問がくる。

「この季節に雨とか降られると、きついよやっぱり。郵便だって濡《ぬ》れちゃうし、運転だって怖いし」

「郵便とか濡れちゃったらどうするの?」

「配るよ、もちろん。濡れ方がひどい場合は一度局に持ち帰って、修正するけどね」

「修正?」

「セロハンテープで破れたところを直すんだよ」

「ふーん。何か面倒くさい仕事だよね」

そのとおりだ。人の郵便を扱うわけだから気を遣う。些細なことで客は苦情を言ってくる。封が少し開いているのは、中身を見たからじゃないのかとか、郵便が濡れて字が読めないとか、その他にも些細《ささい》なことでいちいち問い合わせてくる客だっている。世の中、想像以上に変な奴が多すぎる。

郵便が届かない。

書留が届かない。

誰か盗んだのではないか。

それともどこかに間違えて配達してしまったのではないか。早急に調べろ。

人を不快にするためだけにかけてくるのではないかと、疑ってしまうような電話もしょっちゅうだ。

「郵便を配達しててさ、変なエピソードとかないの?」

突然そんなことを言われてもなと思いながら、何かあったかなと呟いた。

「変な客は多いけどね……」

「変な客？　例えば？」

「毎日毎日局に電話してきてさ、今日、私宛の郵便はありますかって聞いてくるんだ」

「何で？」

「家族には知られたくない郵便があるみたいなんだ。借金関係とかさ」

「で、どうするの？」

「勿論、伝えるよ。郵便の内容によっては、夜になったら取りに行きますって言うんだよ」

「苦労してるねー」

「どこも同じだろ」

そこで一旦会話が途切れると、剛司がやってきた。

「今みんなで考えたんだけど、二次会はカラオケに決まったから」

「カラオケ？　まあ、別にいいけど、それじゃあ早く行こうぜ。もう寒くて仕方ねえや」

身体がブルッと震えた。もう限界だ。

「それじゃあ、みんなちょっと集まってくれ」

剛司が大声を上げると、みんな一斉に静かになった。

「これからカラオケに行こうと思うんだけど、行く人は一応、手を挙げてくれる？　人数を調べたいからさ」

剛司が言うと、半分くらいが手を挙げた。

英明もその中の一人だった。身を縮めながら左手はポケットに入れ、右手を適当に挙げたまま、寒さにじっとしていられず、身体を横に揺らしていた。

その時、気になるものが、視界に入った。

屋台。コンビニ。

たむろしている若者たち。

車。

いや、違う。

誰かがこちらを見ている。英明はその人間に焦点を合わせた。

男か、いや女だろう。長い花柄のスカートにコートを着ている。そして大きめのサングラス。頭には被《かぶ》るようにしてスカーフを巻いている。

まるでバラエティ番組に出てくるスパイのような格好だ。

「なんだ、あいつ」

サングラスの女はじっとこちらを見ている。

「英明、おい英明」

剛司に肩を揺すられて、ハッとした。

「どうした。行くぞ」

「あ、ああ」

サングラスの女が気になり、もう一度振り向いてみたが、そこには誰も立っていなかった。気のせいか……。

「何だ。どうした」

「うん？　うん……」

英明は曖昧に頷いて、女が立っていた場所から視線をそらした。

「いいから行こうぜ」

「あ、ああ。行こう」

英明はそう呟いて、二次会へと向かったのだった。

5

アパートのドアを開けたのは、午前二時を回った頃だった。

「さむ」

部屋の明かりをつけると、二十二歳の男の部屋が照らし出された。英明はコートを乱暴に脱ぎ捨てた。カーテンが全開になっていたので、すぐに閉めた。

ついさっきまで、英明たちは近くのカラオケ店でずっと歌い続けていた。そのせいで喉《のど》が痛い。アルコールのせいで頭もガンガンしている。

カラオケ店では少々羽目をはずしすぎたようだ。異常なほど騒いでいたので、店員が迷惑そうな顔をしていた。無理もない。ガラスのコップを何個も割ってしまったのだから。

着ていた洋服を脱ぎ捨て、英明は寝間着に着替えた。

「小腹がすいたな」

冷蔵庫を開けたが、清涼飲料水とビール以外、食べ物はほとんど入っていなかった。

「何だよ、これしかねえのかよ」

愚痴をこぼしながら、一人暮らしなので仕方ないかとも思う。

「これでいいか」

英明は冷蔵庫の中から一口サイズのチーズを取り出した。これを食べてしまえば、本当に何もなくなってしまう。明日にでも買い出しに行かなければ。

英明はテレビの前にあぐらをかいた。観たい番組があるわけではないのだが、ついつい癖で、テレビのリモコンに手を伸ばしてしまっていた。

夜中だというのに、漫才の番組をやっている。客席の笑い声が聞こえた。

剛司、哲也、正とは、今度四人で遊びに行こうという約束をして別れた。具体的な日にちを決めたわけではないので、それがいつになるかは分からないが、いつか四人で会えるだろうと、英明はその時を楽しみに待つことにした。

チーズを口にしながら、ふと思った。

一人暮らしをしていると、時折寂しくなる時がある。今がそうだった。先ほどまで大勢で騒いでいたためか、急にこうして一人になると、突然寂しさが襲ってくる。テレビをつけてしまう癖は、こういうところからきているのかもしれない。

別に一人暮らしをする必要はなかった。実家は同じ市内にあるわけだし、仕事場も実家から近いのだ。ただ、一度でいいから自活してみたいと思っていた英明は、自分を試すつもりで家を出た。その結果分かったのは、親のありがたさだけだった。

やはり自分はだらしない人間だ。

掃除もしなければ料理もしない。

一人では絶対に生きてはいけない。

「寝よう」

ただ虚しくなり、電気を消してベッドに入った。

「あ、そうだ」

咄嗟《とっさ》に思い出し、脱ぎ捨てたジーパンから携帯を取り出してメールを確認した。

画面には三件と表示されていた。

一つめのメールはチエ。

二つめのメールはイズミ。

そして三つめのメールは理香子からのものだった。

近頃、携帯のメールにはまっていた。チエとイズミはメール友達である。チエは二十歳の学生で、一年前からメールをやり取りしている。メールアドレスを電話番号のままにしている英明の携帯にチエからメールが届き、それ以来、メールをやり取りするようになった。イズミは二十二歳のフリーターで、半年前からのメル友だ。今では毎日のように、その日の出来事を語り合っている。

英明はまず、チエのメールを開いた。

『もう十二時回っちゃった。まだ起きてる？　そういえば、今日は小学校の同窓会があるって言ってたよね。で、どうだった？　楽しかった？　いいな、チエも同窓会やりたいよ。けど誰も企画しないいんだもん。だったら自分で企画しろって感じなんだけどね。それじゃあ、おやすみ』

チエに続いて、イズミのメールを開いた。冒頭から、イズミは愚痴をこぼしていた。

『超むかつく！　聞いてよ！　今日ね、コンビニのバイト中、暇な時間にバイト仲間の三十歳の人と話していたのね。それでその三十歳が下ネタに走るもんだから、私がセクハラですよって言ったら、セクハラっていうのはこういうことを言うんだよって、私のお尻を触ってきたの！　最悪じゃない？　むかついたから、そいつ殴って帰ってきちゃった。どうせだったらもっと徹底的にこらしめてやればよかったよ！　ホント頭にくる！　そう思わない？』

英明は思わず笑みをこぼしてしまった。こんなことが実際にあるのか、いろいろあるな、と他人事《ひとごと》のように思った。

英明はすぐ二人に返信した。そして理香子からのメールを開いた。

『どう？　同窓会は楽しい？　あまり遅くまで遊ばないようにしてね。明日の約束ちゃんと憶えてる？　忘れないでね』

今日の朝十時に遊園地に行く約束をしているのだ。今からだと六時間くらいしか眠れないが充分だ。英明は素早く指を動かし、理香子にメールした。

『リョーカイリョーカイ。十時ということで』

送信しましたという表示を確認してから、「ホントに寝よ」と呟いて、毛布を被った。

×《バツ》

1

この日は雲一つない晴天だった。が、十一月後半の朝の寒さは格別だった。両手は冷たいし、耳が痛い。息をすると、白い息が視界を覆うほどだ。朝の天気予報によると今年一番の寒さらしい。

英明は配達に没頭していた。一通一通を確認して、誤配のないように丁寧に配っていく。まだ配り始めなので、配達を急いだ。

腕時計を確認して、書留鞄を確認すると、現在配っている家に書留があることに気がつき、玄関のインターホンを押した。中から返事があり、郵便局だと名乗るとドアが開いた。

「どうも。書留です」

印鑑を捺してもらいながら英明は昨日のことを思い出していた。

昨日は理香子に振り回された一日だった。十分前に待ち合わせ場所に着くと、もう三十分も前から待っていたと言われた。遊園地に行くのが本当に楽しみだったのだろう。

遊園地に着くなり、ジェットコースターに乗りたいと言った。一度言いだしたら引かない頑固な性格の理香子はしつこかった。英明は昔から絶叫ものが大嫌いだったが、仕方なく彼女の要望に応えた。そしてやはりもう二度と乗らないと固く誓った。だが逆に理香子は、今度は違うジェットコースターに乗ろうと言いだした。その言葉で落ち込みそうになる自分を励まし、再び列の最後に並んだのだった。

それからも、理香子の希望どおりに行動した。コーヒーカップや観覧車にも乗った。お化け屋敷にも入った。ぬいぐるみもプレゼントした。一つのソフトクリームを二人で食べたりもした。理香子が楽しんでくれれば、それでいいと思っていた。過去に二人もの女性に嫌われているので、今回は絶対に別れるようなことはしたくないと英明は頑張っていた。優しい自分を見てほしかった。真剣に理香子を愛していた。まだ早いかもしれないが、結婚だって考えている。

その甲斐あってか、理香子は満足した様子だった。

また行こうね、という言葉を交わして二人はそれぞれ家路についた。

家に帰った英明は疲れ切ってしまい、すぐにベッドに入った。翌日も朝早くから仕事かと思うと憂鬱《ゆううつ》だったが、いつのまにか深い眠りに落ちていた。アラームが鳴るまで一度も目覚めず、グッスリと眠っていた。

それでも疲れは完全にとれていなかった。うつらうつらしながら、昨夜《ゆうべ》買ってきたパンを口に運んだ。結局、完全に目が覚めたのは、アパートのドアを開けて冷たい風を顔に受けてからだった。

月曜は郵便が多い。書留の数は少ないが、日曜日の分の郵便が全て回ってくるのだ。

今日は絶対、残業はしないぞと英明は心に決めていた。早く家に帰って休みたい。自分の担当場所の準備を急いで整え、班で一番早く外に出たのだった。

疲れているわりに、配達は思ったよりスムーズに進み、アッという間に郵便の束は減っていった。いつもより二十分は早く午前中の配達が終わりそうだった。

残り三束というところで再びバイクのスタンドを立てた。三階建てのアパートに書留がある。宛先は３０１号室。エレベーターがないので、気合いを入れて一気に階段を上がった。

三階まで上り切り、呼吸を落ち着かせてからインターホンを押したが応答がない。

もう一度押しても同じだった。英明はお知らせ用紙を丁寧に書き、それをドアポストに挟んでから一階に下りた。

郵便を入れてあるファイバーの中を見ると、何かが違うことに気がついた。現在、郵便は三束あるのだが、並んでいる順番が微妙に違っている。

郵便の束というのは配達順に並べてある。順番が違っていても次の束を探せばそれでいいのだが、英明はきちんと並べて配達に出た。毎日のことだから間違えるはずはない。考えすぎかもしれないが、無性に気になった。

「おかしいな」

配達に支障が出るわけではないので、やむを得ずそのまま次の配達場所にバイクを走らせた。そして十五分後に配達を終え、大和北郵便局に戻ったのだった。

2

班に戻ると、時計の針は十二時十五分を示しており、まだ誰も帰ってきてはいなかった。配達が早く終わるバイトすらまだのようだ。班にいるのはパートのおばさんたちだけだった。配達員が午後スムーズに出られるように作業をしているのだ。

「お疲れさまです」

そう言いながらデスクの上に荷物を置くと、お帰りなさい、という声が返ってきた。

「どう？　外は寒い？」

一人にそう聞かれ、英明は情けない表情で言った。

「寒いですよー。もう嫌だ」

「これからもっと寒くなるからねえ」

「そうですね。これからが本番って感じですね。年賀状も始まるし、大変ですよ」

「風邪ひかないようにしないとね」

「そうですね」

しばらくすると、松本副班長が戻ってきた。

「お疲れさまです」

「珍しく早いじゃないか」

「今日は結構急ぎましたからね」

その言葉にはふんと鼻を鳴らしただけで、松本は書留の数を計算し始めた。

「そうだ、書留」

その行動につられるようにして、英明も書留を取り出し、郵便課で受領した数と合っているかを計算した。もしここで数が合わなければ、大変だ。処分は免れないだろう。

「大丈夫。合ってる」

十二時三十分になったと同時に、局内にチャイムが鳴り響いた。

×

「それじゃあ休憩してください」

課長が配達員に声をかけている。

英明はコンビニで買っておいた昼食を持って休憩室に向かった。

タバコに火をつけながら、長椅子に腰を下ろした。

天井に向かって煙を吐くと、ふんわりと輪になって消えていった。

「お疲れさまです」

違う班のバイトの熊野と川戸が向かいの長椅子に腰を下ろす。

「お疲れさま」

たいていこの二人と市川が昼食の相手だ。

「今日もカップラーメンですか？　身体によくないですよ」

熊野に母親のように言われて、口を尖《とが》らせた。

「お前だって同じだろ。人のこと言えるか」

「俺は生麵タイプですから」

「同じだよ」

英明はタバコの火を消し、カップラーメンのお湯を注ぎに行った。

「今日、書留何本でした？」

×

川戸の問いに、容器のお湯の線を気にしながら答えた。

「少なかったよ。十本もなかった」

注ぎ終えた英明は蓋《ふた》をして、長椅子に戻る。

「月曜だから普通そうですよね。でも俺のところだけは十本以上あったんですよ」

「日曜出勤だった人が、川戸君のところだけ次の日まわしにしたんじゃない？」

「やっぱそうなのかなあ」

それからも川戸はブツブツと独り言を呟いていた。

その間、英明と熊野は他愛ない世間話で盛り上がった。

「三分経《た》ったな」

英明は嬉《うれ》しそうにカップラーメンの蓋を開け、割り箸で麺をすすった。

「うまいですか？　それ」

川戸が羨ましそうに聞いてきたので、うまいねーと大げさに答えておいた。

「それなら今度、それ買おう」

「でも高いぜ。消費税込みで三百円だもん」

「うわ！　マジっすか？」

三百円という値段に心底驚いている様子だった。

この日も、何ということのない昼休みだった。が、一本の電話から、全てが始まった。

「電話鳴ってますよ」

携帯をバイブレーターにしていた英明は、熊野に言われて初めて気がついた。横に置いておいた携帯に手を伸ばし、液晶画面を確認すると、新庄剛司の名前が表示されていた。

「あれ？　剛司じゃん」

英明は携帯を耳にあてた。

「もしもし？　どうした？」

「英明か？　今大丈夫か？　これから俺の言うことを落ち着いて聞いてくれ」

大事な話があっても、いつも茶化してふざける剛司の珍しく真剣な口調に、英明は身構えた。

「な、何だよ、急に」

「実はな、先生が……殺された」

あまりに唐突すぎて、英明には冗談としか思えなかった。

「は？　何言ってるんだよ」

あくまで剛司は冷静だった。

「森野先生が殺されたんだよ」

森野の笑顔が脳裏に浮かんだ。

×

「嘘《うそ》だろ？」

「冗談でこんなこと言えるかよ」

「ほ、本当なのか？」

「警察の話では、昨日の夜に殺されたらしい。今朝、死体が発見された」

とても嘘を言っているとは思えなかった。今は周りに人がいるので、事件の内容を深く聞くことははばかられる。

「でもどうして、剛司がそんなところまで？」

「詳しい内容は後だ。それより、お前今日仕事か？」

「ああ、今は昼休みだけど」

「早退できないか？」

確かに早く事件の内容を知りたい。

頭の中で整理がつかなかった。土曜日に会った時、あんなに元気だった人が、翌日には死んでしまったのだから。

「早退……できると思う」

「実は、警察が俺たちの話を聞きたいらしいんだ」

「俺たちって、俺たちだけ？」

「いや、同窓会に来ていたメンバーにだよ。何か心当たりはないか聞きたいって」

英明は午後の仕事を考えて、結論を出した。

「分かった。これから早退して、そっちへ行くよ。どこにいる？」

「大和北警察署」

携帯を切った後も、しばらくの間、深く考え込んでしまっていた。

「どうしたんです？　深刻な顔して」

「え？　い、いや何でもない」

平常心を装い、離れた席にいる福島班長に歩み寄った。

「班長」

長椅子を独り占めして仰向けで眠っている顔の上から声をかけると、迷惑そうに目を開けた。

「ん？　どうした」

「あの、今日は早退させてもらいたいんですが」

その言葉で心配になったのか、ゆっくりと起きあがった。

「どうした？　具合でも悪いのか？　顔色も良くないな」

「いえ、具合が悪いわけじゃ……」

「じゃあ、どうして」

班長にだけは本当のことを話しておいたほうがよいと判断した。

「実は、小学校の時の担任が、亡くなったんです。しかも、殺されたようなんです」

その瞬間、眠そうにしていた班長の表情が驚きへと変わった。

「本当か?」

深く頷くと、即座に早退の許可が下りた。

英明は急いで、大和北警察署へと向かった。

3

大和北警察署の玄関では、剛司が冷静な面持ちで立っていた。

声をかけると、剛司はホッとした表情をみせた。

「一体どうなってんだよ。どうして先生が」

「俺だって分からない。警察も犯人の行方を追っているらしいんだけど」

「それじゃあ犯人は」

「まだ捕まっていないらしい」

「みんなは?」

×

「連絡が取れたのは哲也と、それと岡田美緒と榊原聖子の三人だけだよ。全員の連絡先なんて俺だって分からないんだけど、知っている限り連絡はしてみた。けどみんな電話に出ないんだ。正はどうしても抜けられないって」

頭が混乱していたので、一つひとつ整理していかなければならなかった。

「それより……」

「何だ？」

「どうして、剛司のところに連絡が？」

「実は初め、先生の身元が分からなかったらしい」

「どういうことだよ」

「話によると、先生の顔は原形をとどめていないくらいぐちゃぐちゃになっていたって……相当酷《むご》いやられ方だったたって」

それを聞いただけでスプラッター映画の一シーンを思い浮かべてしまい、英明は息を呑《の》んだ。

「犯人に、やられたのか？」

「ああ。それで、先生のズボンのポケットに携帯があって、そこからまず自宅に電話をしたらしいんだ。奥さんは話を聞いて、急いで現場に向かったんだけど、死体を見た瞬間にあまりのショックで倒れてしまったらしいんだ。他にも何か情報を得るために、警察がメールを確認した時、たまたま俺のメールが目についたらしい。土曜日の詳しい時間と場所を記したメールだよ。それで俺に連絡が入ったってわけだ」

「そうだったのか……」

「ああ。電話で聞いた時は本当に驚いた」

「それで……」

「何だ？」

先生の遺体を見せられたのかと聞こうとしてやめた。

「いや、いい」

かわりに英明は、もう一つだけ聞いた。

「犯人の手掛かりとかはないのか？」

剛司は残念そうに首を振った。

「俺もそこまで詳しくは分からない。けど……」

「けど？」

そう聞き返したが、どういうわけか剛司は話をそらした。

「とにかく、中へ入ろう。刑事さんが話を聞きたがっているから」

「けど」という二文字が気になったが、剛司がさっさと警察署の中へ入ってしまったので、後に続くしかなかった。

二人は休憩室と思われる部屋で待たされた。テーブルの上にはスポーツ新聞が無造作に置かれ、ガラスの灰皿にはタバコの吸い殻が山盛りになっている。

脳裏には森野の笑顔や、酔った顔。

いまだに信じられない。

先生が殺されたなんて。

「はあ……」

部屋に入ってから、二人は終始無言のままだった。重い空気に包まれ、英明は両手で顔を覆った。

「ここでお待ちください」

女性の声とともに部屋の扉が開き、二人は顔を向けた。そこには岡田美緒と榊原聖子が立っていた。

剛司が声をかけると、二人は中に入り、ソファに腰掛けた。

「ねえどういうこと？　本当なの？」

岡田が不安を隠し切れずに聞いてきた。

「嘘だったらこんなところにいるかよ」

「でもどうして先生が殺されるの？　何があったっていうの？」

責めるような口調で剛司に迫ってくる。

「俺だって分からねえよ」

「でも、どうして私たちが呼ばれるわけ？」

「手掛かりがあまりないらしいんだ。だから俺たちにも協力してほしいって。少しでも情報がほしいって」

「……そう」

十五分後、ようやく哲也が到着した。

そして更に五分後、一人の男が英明たちの前に現れた。

4

四十代半ばだろうか、髪は薄く、無精ひげをはやしている。背広も皺だらけで薄汚れている。

英明たちは立ち上がろうとして、男に止められた。

「いやいや、そのままで結構です。どうもお忙しい中、ご協力ありがとうございます。刑事一課の赤間です」

×

英明たちが小さく頭を下げると、赤間はすぐさま本題に入った。

「事件の内容は、新庄さんからお聞きだと思いますが」

「はい……大体は」

「そうですか。捜査本部では森野悟志さんを殺害した犯人を追っているんですが、何せ手掛かりがない。犯行を目撃した人物がおりませんので。ただ、不審な人物を見たという証言があります」

哲也が話を遮った。

「不審な人物？」

「ええ、そうです。夜だったので、ハッキリとした証言ではないんですが、犯人は女性である可能性があります」

「女性……ですか」

「ええ、その不審な女性が立っていたと思われる場所の近くで、森野さんの死体が発見されたんです」

「でも、どうしてその女性が不審だと？」

「格好が奇妙なんです。その女は頭にスカーフを被り、サングラスをかけていたそうです」

赤間のその言葉がひっかかった。あの時……。

「相当、酷い殺され方だと聞きましたが」

そこに触れてもよいだろうかと思ったが、口が勝手に動いていた。

そう聞くと、赤間は、ええ、と頷いた。

「そうなんです。まず、顔は見られる状態ではありませんでした。金槌《かなづち》のようなもので何十回となく殴られておりまして」

岡田美緒が、小さな悲鳴を上げた。

「それに」

「それに？」

「これは言ってもよいのかどうか……」

「お願いします。教えてください」

英明はどうしても先が気になった。懇願すると、赤間はこう言った。

「遺体の胸に、なぜか大きく『×』印が彫られていたんです」

『×』。真っ赤なその印が脳裏に浮かんだ。

「『×』印？」

剛司が躊躇《ためら》ったのはこのことか。

「ええ。何のためにやったんだか、理解できません」

英明は黙り込んでしまった。殺されたこと自体、信じられないというのに。

×

「それで、今日ここに来てもらったのは他でもありません。新庄さんにお聞きしたところでは、あなた方は森野さんと土曜日の夜に会われていたとか」

誰よりも早く剛司が答えた。

「ええ、そのとおりです」

「それでその時に、森野さんの口から何か事件に関わるような話は出ませんでしたか？」

その質問に、英明たちは顔を見合わせた。

「さあ、分かりません」

英明が答えると、赤間は他の四人にも確認した。が、全員首を傾《かし》げた。

「そうですか。では、何かトラブルに巻き込まれていたという事実はありませんか」

必死になって考えてはみたが、何かが浮かんでくるはずもなかった。

「分かりません。先生とは、かなり久しぶりに再会したものですから」

「そうですよね。それなら、過去に何かあったとか……。いや、そんな昔のことなんて分かりませんよね。それなら、森野さんを恨んでいた人物はいませんでしたか」

四人が俯《うつむ》いている中、英明は自分の意見を述べた。

「先生は他人から恨まれるような人ではありませんでした。僕たちの担任だった頃も、すごい人気があったし、先生を恨んでいる人間がいた、もしくは、いるとは思えないんです。ただ……」

×

「ただ?」

「土曜日の夜……スカーフを被ったサングラスの女を、見ました」

その言葉に、赤間が身を乗り出した。

「それは本当ですか?」

「ええ。みんなで二次会に行く時です。じっとこちらを見ていて……。変な奴だなと思っていたんですが、すぐにいなくなっちゃって」

「本当にそんな奴いたのかよ」

剛司が恐る恐る聞いてきた。

「ああ……」

「証言にあった女と同一人物かもしれませんね」

全員が赤間に注目する。

「今回の事件が無差別殺人ではない場合、犯人は相当森野さんに恨みを抱いていた人間というのは明らかです。ただ、その人物が今のところ浮かび上がってこない。ほんの些細なことでもいいんですが、何か思い当たることはありませんか」

そう言われても、答えは出てこなかった。

「分かりません」

他の四人も同じだった。全員が俯いてそれぞれの思いを抱く中、赤間が口を開いた。

「そうですか。分かりました。お忙しい中、本当にありがとうございました。今後、またお話を伺うことがあるかもしれませんが、その時はご協力ください。今日はこれで結構です」

そう言って、赤間は部屋から出ていった。ドアが閉まった後も、しばらく五人は部屋の中で動けずにいた。

誰が先生を殺したのか、全く見当もつかない。ただ、スカーフを被ったサングラスの女が、英明の脳裏にちらついていた。あの時、じっとこちらを見ていたサングラスの女。

偶然か、気のせいか、頭の中からどうしてもあの姿が離れなかった。

5

その日の夜、大和北警察署を後にした五人は、あまり口を利《き》かずに別れた。本当に先生が死んでしまったという現実を受け止めるしかなかった。ほんの二日前まで、あんな笑顔を見せていた人間が殺された。しかも殺され方が尋常ではなかった。顔を潰され、胸には『×』という大きな印が彫られていたという。アパートに着くまで、そのことが頭から消えなかった。

部屋に入ってから英明はベッドの上でふと思った。人が殺されたというのに、妙に落ち着いて

×

いられるのはどうしてだろう。いや、こんなものなのだろうか。

いつもの癖で、携帯に目をやった。

メールが届いている。

イズミからだった。

いやその前に、チエからも届いている。

英明は、イズミのメールから目を通した。

『イズミだよ～ん。用っていう用はないんだけど、さっきやってた10チャンネルのテレビ観た？すごい面白かったんだけど！』

イズミにしては短いメールだった。返さないのも悪いと思い、

『ふ～んそうだったんだ。ごめん。観てないんだ』

絵文字や記号文字を一切使わない、そっけないメールにとどめた。

チエからは、単にサイトメールだった。『この占いやってみて』という題名で、『ｈｔｔｐ』から始まるＵＲＬを押すと、有料で占いができるというシステムだ。試してみる気にもなれず、

『後でやってみるね』とだけ返しておいた。こんなにそっけないメールは今までで初めてだ。それに気がついたのか、イズミが真っ先に返信してきた。

『どうしたの？　何か元気なくない？　何かあった？』

あまりに文章が冷めていたので、気づかれるのも無理はない。

『実は、小学校の担任だった先生が亡くなったんだ。だからちょっと元気がなかったんだ。ごめん』

殺されたなどとは書けなかった。

しばらく経つと、再びイズミからメールが届いた。

『そうだったんだ。ごめんね、意味のないメール送っちゃって』

『いいんだよ。気にしないで』

それを最後にメールのやり取りが終わると、急に部屋が静まり返った気がして、寂しくなった。

無意識のうちに森野のことを考えている。思い出の中の森野は、いつまでも笑顔だった。

突然、携帯が鳴りだした。

見ると、画面には明神理香子と表示されている。

「もしもし？　どうかした？」

理香子の声が聞けると思うだけでホッとした気分になれた。

「ううん。ただ電話してみただけ。今、何してたの？」

「今？　今は……テレビを観てたかな」

「そうなんだ。私はお風呂から出たところ」

「そっか」

「これから仕事忙しくなるね」

理香子は年賀状のことを言っているのだろう。

「そうだね。ますます忙しくなるよ。もう嫌になっちゃうよ」

「でも頑張らなきゃ」

「そうだね」

そう言って英明は、そうだ、と思いつきを口にした。

「何？」

「明日、食事にでも行こうか」

英明は、理香子に会えば心が安まると思ったのだ。

「明日？　急に珍しいね。いいよ！　どこに行く？」

「明日までに考えておくよ」

「うん。分かった。それじゃあ、楽しみにしてるね」

英明は頷き、おやすみと言って電話を切った。携帯をテーブルに置くと、再び室内は静まり返り、時計の針の音だけが空しく響いた。

英明は部屋の明かりを消し、ベッドに潜った。目を瞑《つむ》ると、暗闇から森野の顔がぼんやりと浮かんできた。

6

十一月二十七日。水曜日。

森野の通夜が行われようとしていた。依然、犯人の手掛かりはなく、捜査は困難を極めているらしい。

英明は午前中、いつもどおり配達に専念していた。風が冷たく、手がかじかんだ。日増しに気温が下がっているような気がして、この先が思いやられる。

事件は未解決とはいえ、二日も経つと、気持ちもやや落ち着いてきた。人間なんてそんなものだろうか。ただ、今日で先生ともお別れなのかと思うと、気持ちは沈んだ。

しかし、それよりも気になることがあった。事件と前後して、英明の周辺でも少し異変が起き始めていた。慣れた調子で郵便を配りながらも、頭の中は森野の通夜のことで一杯だった。気がつくと、郵便の束が尽きており、午後に備えて局に戻ろうとするのだが、やはりここ最近、何か違和感を覚える。マンションやアパート宛に書留がある時にバイクから離れ、戻ってみると、何かが違う。郵便の束の順番が変わっていたり、バイクの向きが変わっていたりと、明らかに違うのだ。配達中に誰かに見られている気もする。

自分の身の回りで何かが起こり始めているような感覚にとらわれていた。

「考えすぎか」

そう言い聞かせてみても、頭の隅にひっかかっているのは確かだった。

班に戻って時計を確認すると、針は十二時二十五分を示していた。局員たちもほぼ全員帰ってきている。

書留の数を確認している間に、休憩時間を告げるチャイムが鳴った。英明はいつものように昼食の入った袋を手に、休憩室に向かった。

続々と局員がやってきて、瞬く間に部屋中がタバコの白い煙に包まれた。

タバコに火をつけると、市川がやってきた。

早々に始まる仕事の愚痴を、適当に聞き流しながら相槌を打っているうちに、カップラーメンもできあがっていた。こんなものばかりでは栄養も何もあったもんじゃないなと、英明は寂しくラーメンをすすった。

「そういえば、熊野と川戸は？」

「休みじゃないですか？」

「いや、朝はいたと思ったけど。珍しく遅いな」

バイトの二人はたいてい、休憩時間の少し前にここにやってきている。十分経っても二人がこないのは珍しかった。

「二人で何か食べに行ってるんじゃないですか？」

市川は納得するように頷いた。

「そうかもな」

ちょうどその時、熊野が休憩室に現れた。

「お疲れっす」

「遅かったじゃん」

「え、ええ……まあ」

「何？　どうしたの？」

英明は、何か気まずそうにしている熊野に近づいた。すると、こちらに目で合図を送っているのが分かった。

「何だよ」

そう言うと、熊野は小さく手招きをした。何か相談事でもあるのだろうか。促されるように英明は立ち上がった。

昼休みということもあって、外は閑散としていた。

×

「何だよ。こんなところまで」

「実は、さっき配達をしている途中で、変な女に声をかけられたんです」

「変な女？」

「ええ。スカーフを頭に被って、サングラスをしている女です」

スカーフ。

サングラス。

自分の顔が強張《こわば》ってくるのが分かる。

「で、どうした？」

「そいつが、小久保さんについてやたらと聞いてくるんですよ」

一体、どういうことだ。

「その女が？」

「ええ。小久保英明という配達員を知っているかとか、仲はいいのかとか」

「どう答えたんだ？」

「一応仲はいいですけど、って」

「そしたら」

「そのことにやたら深くつっ込んでくるんですよね。どういう会話をしているのかとか」

それで？

「ただの世間話だと言ったら、そのまま無言でどっか行っちゃったんですけど、何だか変な女でしたよ？　知り合いですか？」

「知るかよ」

思わず口調が強くなる。

「そのせいで、少し配達が遅れちゃって、昼飯も買えなかったから、俺これから飯食いに行ってきます」

「ああ分かった」

空返事をしてその場に立ちつくしたまま、スカーフを被ったサングラスの女について深く考え込んでいた。

あの時、見た女だろうか？

森野が殺された日に目撃されている不審な女も、スカーフにサングラスをしていたという証言だった。

「誰だ」

自分に関係しているかもしれないと思うと、次第に薄気味悪くなってきた。

熊野に近づいた女も同一人物なのか？

×

森野を殺した人物なのか？

どうしてその女が自分についてやたらと聞いてくるのだ？

「おいおい」

その女が本当に森野を殺していたとしたら……。英明は急に不安になった。殺人者が自分に接近しているかもしれないのだ。警察に話すべきだろうか。しかし、事件とは関係ない偶然だと、英明は思いたかった。

休憩室に戻ると、川戸が長椅子に座って疲れ切った表情を浮かべていた。

その横に座るとすぐに身を寄せてきた。

「何だよ」

煙たそうに言うと、川戸はニヤリと微笑んだ。

「小久保さん、あんまりいろんな女に手を出しちゃ駄目っすよ」

またか……。

「何だよ」

苛立った口調で言うと、川戸が蔑むような目でこう言った。

「配達中に変な女が俺のところに来ましたよ。小久保英明という配達員を知っているかって」

動悸が、高まる。

「どんな女だよ」

怒った感じで迫ってくる英明の態度に、川戸は身を引き気味にしている。

「スカーフを頭に被って、サングラスをかけた変な女ですよ。小久保さんのことを聞かれたんですけど、俺は何も知らないってしらばっくれました。そのほうがいいような気がしたんで」

「そしたら？」

「別に。そのままどっか行っちゃいましたよ」

今思えば怖い女だったなと、悠長なことを言っている。

「誰だよ、おい」

「え？　何か言いました？」

英明の耳には何も聞こえてはいなかった。スカーフを頭に被ったサングラスの女が頭から離れず、午後の配達にも集中できなかった。そしてその日の仕事も終わり、英明は森野の通夜に向かうことになったのだ。

7

夕方六時半に、英明は通夜の会場に到着した。森野の人望が厚かったということか、通夜に訪れた人の数は予想以上に多く、改めて森野の死を現実のものとして受け入れざるを得なかった。

会場の手前に六年三組のメンバーが集まっていた。まさかこんな形で再会するとは、誰が予測しただろう。

剛司に声をかけられる。

「みんな……」

誰もが暗い表情で、何人かはハンカチを手に洟《はな》をすすっている。泣き崩れている女子もいた。

「こんなことになるなんてな……」

正にそう言われ、英明は、ああ、と答える。

「お焼香を済ませてきたらいいよ」

「みんなはもう？」

「ああ」

「そうか……行ってくる」

「多分ここにいると思うから」

「分かった」

会場の中に入ると、焼香の列ができていた。その列の一番後ろに加わり、前を見ると、棺のすぐ近くには森野の奥さんが俯いて座っていた。

通常の通夜と異なっていたのは、棺の中に眠る、故人の顔を見ることができないことだった。森野の顔は、犯人の手により見られないくらいに……。

通夜はしめやかに行われ、英明も焼香を済ませて森野に最後の別れを告げた。そして、安らかにお眠りくださいと心の中で祈った。

しかし、すぐそばにいる奥さんの様子が目に焼きついてしまった。魂が抜けてしまったような表情。生きる気力をなくしたようなその瞳には何が映っているのだろうか。

英明はみんなに合流した。

「終わったのか？」

哲也に聞かれ、英明は頷く。

「それよりも……先生の奥さん大丈夫かな」

ポツリと呟くと、

「相当ショックだったんだろうな。仕方ないよ」

と、剛司が寂しそうに言った。誰もが同じ思いだろう。

「まだ犯人は捕まらねえのかよ！　何をやってんだよ、警察は」

哲也の言葉に他の誰かの声が続いた。

「くそ！　一体誰なんだよ」

英明の脳裏に、スカーフを被ったサングラスの女が映る。そしてその女が自分に接近している。このことを話すべきだろうか。でも事件とは無関係だと思いたかった。だから話せなかった。

「早く犯人が捕まればいいね」

岡田美緒のその言葉を最後に全員が黙り込み、気まずい空気に耐え切れないのか、一人、二人と帰っていった。英明と剛司だけが残った。

「行こうか」

「ああ」

二人もそこで別れた。英明はサングラスの女の話を口にできぬまま、家路についたのだった。

アパートに着いてから、どうしてもっと熊野と川戸に詳しい話を聞かなかったのかと、今さらながら後悔した。そうすれば、事件解決につながったかもしれないのに。

「明日は無理だしな……」

明日は非番で、森野の告別式に出ようと決めている。

まあいい。明後日にでも聞こう。

そう決めて、英明は携帯を確認した。

新着メールが一件。

『今日はお通夜だったよね。辛いとは思うけど、元気出してね。それじゃあ、またね』

結局、先生が事件に巻き込まれ、亡くなったと理香子には話していた。元気がないねと言われ、黙っていることに耐え切れなかったのだ。

『今、家に帰ってきたところ。明日は非番だから、告別式に出ようと思ってる』

『疲れているみたいだから、身体に気をつけてね。落ち着いたらまた電話ちょうだい。それじゃあ』

理香子とのメールを終わらせ、英明はベッドに横になった。


携帯が、鳴っている。その音で英明は目を覚ました。知らぬ間に眠ってしまっていたようだ。時計の針は夜中の十二時を示している。

朦朧《もうろう》としながら手を伸ばすと、新着メール二件と表示されていた。

今のメールはイズミからで、チエは一時間前に送ってきている。英明はイズミのメールから開いた。内容は別段大したものではなかった。

『今日もお疲れ。バイト疲れた。それじゃあ、おやすみ』

英明は『お疲れさま、おやすみ』とイズミに送り、続けてチエのメールを開いた。

『あーもう試験が近いから大変だよー。これから猛勉強しないと！　あー憂鬱』

こっちのほうが憂鬱だよと思いながら、英明は指を動かす。

『学生は大変だね。頑張れ！　僕はもう寝させていただきます。おやすみ』

着信音で起こされたくなかったので、電源をオフにして眠りに就いた。気がつくと朝を迎えていた。

8

十一月二十八日。木曜日。

非番にもかかわらず、英明はいつもの癖で七時に目を覚ましていた。布団から腕だけ伸ばして暖房をつけ、ついでに携帯の電源もオンにした。それからしばらく毛布にくるまっていた。

十時から始まる森野の告別式までにはまだしばらく時間があったので、もう少し寝ようかとも思ったが、寝過ごすおそれがあるので、顔を洗うことにした。

水を溜めている間、鏡に映る自分を見つめてみた。

目が腫《は》れぼったい。

疲れた顔をしている。

寝癖もひどい。

大きく息をついて頭をかいた。

×

水が溢れそうになっているのに気づき、英明は慌てて蛇口を閉め、タオルで洗面台を拭《ふ》いた。

七時二十分。これから朝食を摂って服を着替え、ゴミを出す。九時十五分にはアパートを出て、森野の告別式に向かう。

本当は、そのはずだった。が、一本の電話で予定は狂った。

こんな早くから誰だろうと、液晶画面を確認したが、知らない番号だった。

誰だ。

「もしもし？」

聞き覚えのある声が返ってきた。

「先日はどうも。大和北警察署の赤間です」

大和北警察署。赤間。刑事。一つひとつの単語でしか頭に入ってこない。

「ど、どうも。それより、どうして僕の電話番号を？」

「新庄さんから聞いたんですよ」

剛司から？

どうして……。

その瞬間、英明の表情が強張った。

「まさか、何かあったんじゃ」

赤間は冷静にこう言った。

「吉池哲也さんと石松正さんが、昨夜何者かに襲われました」

何が何だか分からず、赤間の台詞《せりふ》を理解するのに、時間がかかった。

「まさか……殺されたんじゃ」

「一命はとりとめました。現在二人は相模《さがみ》総合病院で治療を受けています」

生きていることを知り、全身の力が一気に抜けた。今にも膝《ひざ》から崩れ落ちそうだ。

「それでですね」

受話器の向こうの声が、急に深刻になった。

「何ですか？」

「吉池さんと石松さんは今朝意識を取り戻したんですが、この二人の事件はどうもあなたに関係しているようです」

「どういうことですか？」

「犯人の口から、あなたの名前が出たそうなんです」

英明は唾を呑み込んだ。

「僕の名前が……ですか？」

「ええ。しかも二人が言うには、森野悟志さんが殺害された夜に目撃された不審な女に容姿がそつくりでしてね」

「スカーフに、サングラス」

「ええ。そうなんですよ」

それに、と赤間はまだ何かを言いたがっている。

「何ですか？」

「二人の右肩には大きく、ナイフか何かで『×』と彫られています。森野さんを殺害した犯人と同一人物のようなんです」

「『×』？」

「ええ。ですから……」

後の内容は予測がついた。

「分かりました。今からそっちへ向かいます」

「そうしていただけると助かります。いろいろとお話を伺いたいものですから」

「分かってます。病院は、相模総合病院ですね？」

「はいそうです。それではお待ちしております」

「すぐ行きます」

英明は携帯を切って、急いで仕度をした。

「どうなってんだよ……」

スカーフを被ったサングラスの女。森野を殺した女。熊野と川戸に近づいてきた女。哲也と正を襲った女。

その女の口から、自分の名前が出ているのだ。

「どうして……」

とにかく急がなければならなかった。朝食を摂る間も惜しんで、英明はアパートを飛び出した。

9

相模総合病院に到着した英明は、受付の女性に哲也と正の名前を告げた。

「505号室です」

「ありがとうございます」

「505……505……」

と呟きながら、二人の病室を探す。

ここか……。

心が逸《はや》り、ノックもしないで病室に入った。

×

壁を白で統一した部屋のベッドに、哲也と正の痛々しい姿があった。すぐ隣には、赤間とその部下と思われる若い男性が座っている。

「お待ちしていました」

返事もそこそこに、英明は二人が横たわるベッドに駆け寄った。

「英明……」

頭に包帯を巻いた哲也が、薄目を開けて力のない声をかけてきた。右肩の包帯も目立っている。『×』と彫られた箇所だろうか……。

「し、心配、かけたな」

すぐ隣の正が途切れ途切れにそう言った。同じく頭と右肩に包帯を巻いている。

「二人とも……大丈夫なのかよ」

「傷は痛むけど、まあ、なんとか大丈夫だよ」

哲也がそう答えると、赤間が割り込んできた。

「お忙しいところすみません。先ほども言いましたが、犯人の口からあなたの名前が出たそうなので、お話を伺おうと思って連絡させていただきました」

「そちらの方も、刑事さんですか？」

若い男は、竹上です、と言って頭を下げた。

×

少し落ち着いたところで、赤間が事件の詳しい状況を話し始めた。

「昨夜、森野さんのお通夜から帰る途中で、吉池さんは襲われたそうです。おそらく犯人は初めから殺すつもりなどなかったのだと思います。吉池さんの傷痕から見ると、三、四回、金槌のようなもので殴り、そのまま逃走した模様です。石松さんはお通夜から一旦自宅に帰り、その後コンビニに出かけた帰りに襲われたらしい。手口は同じです。そして二人とも、右肩に『×』と彫られているんです」

「僕の名前が出たって……どういうことなんですか？」

赤間は咳《せき》を一つして、口を開いた。次の言葉に英明は耳を疑った。

「蕪木毬子という人物をご存じでしょうか」

「は？」

何の取り柄もない腹立たしかったあの女。もちろん憶えている。でもどうして蕪木が出てくるのだ。

「まさか……」

すると哲也がこう言った。

「蕪木だよ。先生を殺したのも、俺たちをやったのも。間違いねえ。蕪木毬子だったんだよ。あの野郎、昔の恨みを晴らすために俺たちを攻撃してきたんだよ」

一瞬、言葉を失った。

蕪木毬子。

徹底的にいじめ続けた女。

『×ゲーム』の標的だった女。

一体どういうことだ。どうして今になって。

「……嘘だろ？」

正を見ると、考え込むようにして俯いている。

赤間が冷静に話し始めた。

「信じられないかもしれないが、本当のようです。襲われる直前に、二人はその女から問題を出されています」

「問題？」

意味がよく摑めない。

「後ろから二人に忍び寄り、首にナイフを突きつけて、『私の彼は誰でしょう』と」

まさか、それが俺なのか？

「二人とも『知らない』と答えたそうです」

「そうしたら？」

×

「昔私にしたように、これは『×ゲーム』だね、と言ったそうです」

「『×ゲーム』……」

蕪木毬子に対するいじめの数々が蘇る。それを見て、クラスのみんなは笑っていた。

「まさか」

「知らないと言った瞬間、女は『×ゲーム』だと言って頭部を殴りつけてきたそうなんです。そして殴りながら、『私の彼はずっと英明だ』と言い続けていたようです。『英明と私は結ばれているんだ』と。このお二人は、気がついたら病院のベッドにいて、右肩には『×』という印がついていた」

私の彼は英明。私たちは結ばれている。

「そんな馬鹿な！」

「なぜ蕪木毬子がそんなことを言ったのか。それも二人から聞きました。過去に原因があるようですね。あなたは冗談のつもりだった。けれど彼女はそれを本気にしたのです」

確かに心当たりはある。でもまさかあの時のことか。あの言葉を鵜呑《うの》みにしているというのか。

『×ゲーム』の告白を。

『ずっと好きだったんだ』

確かに好きだと言った。だがあれは『×ゲーム』だ。蕪木だって分かっていたはずだ。それなのにどうして自分と結ばれているなど！　勘違いもいいところだ。しかも今になってどうして。

ひょっとすると……。

蕪木はずっと思い込んでいたのではないか。あの日からずっと。英明は私の恋人だと。

『×ゲーム』のクジを引き、三人に冷やかされながら告白をする。その時は無表情でも、自分が去った後、蕪木は微笑んでいたのではないか……？

「小久保さん？　小久保さん？」

赤間に声をかけられ、英明は妄想から覚めた。

「お二人から、全て聞きました。あなた方は小学生の頃、彼女を相当いじめていたようですね」

それは事実だった。嘘はつけない。

「確かにそうです。今思えば、ひどいことばかり繰り返してきました。『×ゲーム』だからという理由で卑劣な行為ばかりを。でも卒業以来、一度も彼女には会ってないんです。憎まれているとか、そんな話は一度もなかった。それなのに、そこまでしますか？　人を殺したり傷つけたり」

「言動からしてみても、蕪木毬子が犯人である可能性はかなり高いと思われます。森野さんの件についても。あなた方に受けたいじめを根に持ち、仕返しのつもりでやっているのではないでしょうか。森野さんを殺した動機は……。いじめられていた自分を放っておいたからとも考えられます」

「だったら！」

×

「ええ。勿論、捜査本部には連絡を入れています。蕪木毬子を重要参考人として、これから捜査を進めていく予定です」

英明は両手で髪の毛を強く摑んだ。

昨日の出来事が脳裏にちらつく。

熊野と川戸に近づいてきた女は、蕪木毬子だ。同窓会の時に見た女も蕪木だったのだ。

「……そうか」

ここ最近、配達中に郵便の束の順番が変わっていたり、バイクの向きが変わっていたりしたことも説明がつく。

そうだったのか。気のせいではなかった。全ては蕪木の仕業だった。彼女はすぐそこまで接近していたのだ。スカーフを被ってサングラスをかけて……。

陰でいつも見られていたかと思うと、気分が悪くなった。

「どうしました？」

赤間に肩を揺すられた英明は、昨日の昼間に熊野と川戸に言われたことをそのまま伝えた。

「それを、どうしてもっと早く言ってくれなかったのです」

「信じたくなかった。事件とは関係ないと思いたかったんです」

赤間は息をついてこう言った。

「これは私の考えですが、彼女はあなたに危害を加えてはこないと思うんです。犯人はあなたを本気で恋人だと思い込んでいますから。それでも接近してくる可能性はあるので、用心するにこしたことはありません。それよりも」

赤間の次の言葉を英明が奪った。

「そうだ。剛司。剛司が危ない！」

赤間の表情が曇った。

「どうしたんですか？」

「連絡がつかないのです。自宅に電話をしてみたのですが、仕事に出ていると言われました。携帯に連絡を入れても、やはり出ない」

「仕事中だからですか？」

「会社には来てないそうです」

「まずいじゃないですか！」

「落ち着いてください。現在、捜査員が新庄さんの行方を捜しています。大丈夫。これ以上被害者は出させません」

英明は頭を抱えてしゃがみ込んだ。

「お願いします」

×

既に、蕪木の襲撃を受けているのではないかという不安がこみ上げてくる。何事もなければそれでいい。これ以上、被害者を出してはならない。

「それでは小久保さん、私たちは一旦署に戻ります。何かあったらすぐに警察に連絡をください。いいですね？」

「分かりました」

「それじゃあ」

赤間と竹上は病室から出ていった。扉が閉まるのを確認した英明はゆっくりと立ち上がり、イスに腰掛けた。

「剛司の奴、やべえんじゃねえのか？」

哲也がポツリとそう言った。

「蕪木……」

英明は小さな声でそう呟き、今さらながら後悔した。どうして彼女に対してあそこまでやってしまったのだろう。まさかこんな大事件につながろうとは、あの時、一体誰が予測しただろうか。

蕪木はずっと根に持っていたというのか。

両手で顔を覆うと、暗闇の中、スカーフを被ったサングラスの蕪木毬子がこちらを振り向き、不気味に小さく、笑った。

背後

1

十一月二十九日。金曜日。

哲也と正の証言から、捜査本部は蕪木毬子を容疑者とみなし、行方を追った。これまでのように彼女も安易には接近できないと英明は考えていたのだが、このまま終わるとは思えなかった。それに、哲也と正を殺さなかったことも引っかかる。蕪木はわざと二人を生かしたのだろうか。自分の存在について、二人の口から俺に伝えたかったのではないか？

私のこと、忘れてないよね、と。

そして昨日を境に、剛司の姿が消えた。丸一日が経過した現在も、剛司からの連絡はない。携帯に何度連絡を入れても出ない。急に行方が分からなくなったことから、警察では蕪木に拉致《らち》された可能性が高いと判断し、慎重に捜査を進めた。それを聞かされた英明は、剛司の身が心配でたまらなかった。かつていじめ続けたあの女が狙《ねら》ってきている。『×ゲーム』を受け続けた仕返しをしようとしているのだ。あいつなりに『×ゲーム』の再現をしているつもりなのかもしれない。特にリーダー格だった剛司は蕪木を徹底的にいじめ、毎日毎日ひどい言葉を浴びせかけていた。だから余計、危険な気がする。それ以上の仕返しをしてくる可能性は高い。今は一刻も早く蕪木が捕まるのを願うだけだった。

何といっても理解できないのが、蕪木の台詞だ。小学生の時に、『×ゲーム』とはいえ確かに告白はした。しかし、それを本気で受け止め、恋人だと思い込むということがありうるだろうか。小学校卒業以来、あの女には一度も会ってはいないのに。

狂ってる。

配達中も、休憩中も、そして事務仕事をしている時も、英明はそればかりを考え、無意識のうちに、狂ってる、狂ってると口にしていた。もし剛司が蕪木の事件に巻き込まれているのだとしたら、仲間として助けなければならない。全て警察に任せていればいいのかもしれないが、いてもたってもいられなかった。英明はいじめグループの一人であったことの責任を感じ、蕪木について独自に調べようとしていた。彼女の居場所が分かれば、剛司だって助かる。

彼の身に何か起きてからでは、手遅れなのだ。

卒業以来、あの女はどう生きていたのか。周りの目はどうだったのか。もしかしたら、既に自分も蕪木の術中に陥っているのかもしれない。

私を知ろうと、英明が動いてくれる。

英明、もっと私に近づいて。

そして、私の元に辿《たど》り着いて……。


英明はその日の仕事を早目に切り上げ、蕪木毬子が通っていた私立堀内高校に向かった。彼女の母親と直接話ができればよかったのだが、局内で調べたところ、彼女が住んでいた家は現在、空き家だという。転居届が出ていないため、現住所は分からなかった。しかし、たとえ転居先が分かったとしても蕪木は見つけられないだろうと英明は考えていた。

私立堀内高校の最寄り駅は、辻堂《つじどう》だった。どんな些細なことでもいいから、蕪木に関する情報が得られるならと、英明は小田急線で藤沢駅に向かった。

藤沢で東海道線に乗り換え、一つめの駅が辻堂だった。

改札を出た英明は、初めて降り立った町の空気に戸惑いながらも、人に尋ねながら私立堀内高校を目指した。

途中、道端に若者五人がたむろしている光景が目についた。その反対側ではクレープ屋の周りでお喋りをしている女子高生たち。駅から少し離れると、今度は同じ制服を着た生徒たちが目につくようになった。私立堀内高校が近いのだろう。

十分ほど歩いた頃、堀内高校に着いた。多くの緑に囲まれた綺麗な学校で、五階建ての校舎は、まだ建てられたばかりのようだった。自分が通っていた高校と比較すると、おそらく生徒数も桁違いなのだろう。

校門前に立って眺めていると、校舎から出てくる生徒たちに不審な目を向けられた。怪しい人物だと思われる前に、堂々と敷地内に足を踏み入れた。

校舎内に入った英明は、職員室のドアをノックした。

「どうぞ」

「失礼します」

見慣れぬ顔に、女性教師は警戒心をあらわにした。

「失礼ですが、部外者の立ち入りは禁止となっています」

「いや、あの……。お聞きしたいことがありまして」

そう言うと、彼女は血相を変えて立ち上がった。

「まさか……あなたも蕪木毬子さんのことで」

「それを……どうして」

彼女は露骨に迷惑そうな顔をした。

「警察が来ました。あれこれ聞いて帰っていきましたよ。あなたは警察でも何でもないんでしょう？　だったら帰っていただけますか？」

「ちょっと待ってください！」

英明は必死に説明する。

「僕の友人が事件に巻き込まれているかもしれないんです！　じっとしていられないんです」

「興味本位で調べられても困ります」

「興味本位ではありません！」

「じゃあ何なんです」

思わず言葉に詰まったが、確かな理由を説明しなければ何も聞き出せないと思い、重い口を開いた。

「僕は、彼女をいじめていたんです。被害に遭《あ》った友人も、いじめていた一人です。だからどうしても彼女について知りたいんです」

女性教師は黙って考え込んでいる。

「お願いします！」

深々と頭を下げた。すると微《かす》かにため息が聞こえた。

「仕方ないですね……。当時担任されていたのは岡本先生という方です。私はその子について何も知らないですからね」

「その、岡本先生というのは？」

「バスケット部の顧問です。放送で呼び出します」

「ありがとうございます」

間もなく、呼び出しのアナウンスが流れ、英明は応接室に通された。

2

黒いソファに座って待っていると、ドアがノックされ、ジャージ姿の男性が入ってきた。

「すみません。突然お伺いしたりして。初めまして、小久保英明です」

「岡本です。どうも」

印象としては、先ほどの女性より感じはよさそうだ。

「部活でお忙しいのにすみません」

「いえ、大丈夫です。でも私でお役に立てるかどうか」

「僕の友人が、今回の事件に巻き込まれているんです」

「警察にも話しましたが、私は彼女とよく話していたわけではありません。これといって、目立つ生徒ではありませんでした。いつも一人でいたし、友達もほとんどいなかったようです。私自身、あまり彼女の記憶がないんです。真剣に話をしたのは、進路を決める時くらいですかね」

英明は身を乗り出した。

「蕪木は、どのような進路を選択したのですか？」

「美容師です」

美容師？

奴が美容師？

「まさか」

「警察の方も高校時代の彼女の写真を見て疑っていましたよ。でも本当です。私もそれを聞いた時はビックリしました。言っちゃ失礼だが、彼女と美容師という職業はあまりにもギャップがあると感じてしまいました。明るい性格とは言えないし、誰とも口は利かない。それに彼女自身、お洒落《しゃれ》には興味がなさそうでしたしね。そんな人間が美容師になりたいと言いだすんだから驚きましたよ。しかも普段は暗い彼女が、美容師の話になると妙に嬉しそうな顔をしていたんです。口には出さないんですが、ウキウキしているような、そんな感じでした」

どうして身なりにも気を遣わない人間が美容師を選ぶんだ。

なぜ突然そんなことを言いだした？

英明は理解に苦しんだ。

「それで先生は何て？」

「あの時は確か反対したような記憶があります。美容師という仕事は人気があるので、競争が激しいし、客とのコミニュケーションだって大事だ。正直言って、あまり向いていないのではないかと。私は別に含むところがあってそう言ったわけではありません。あの子の将来を真剣に考えて言ったのです」

「で、彼女は？」

「結局、美容師になる夢が捨てられなかったのでしょう。美容師専門学校に進学しました」

「親は？　親はなんて？」

「賛成していたと思いますよ。娘の夢ですからね。芸能界や水商売といった職業ではないので、特に反対する理由もなかったのでしょう」

「最終的には美容師専門学校に進んだんですね？」

「ええ、そうです」

蕪木と美容師という職業が、どうしても結びつかない。

「どうしました？」

「いえ、あの、それで彼女はどこの専門学校に進んだのでしょうか？」

警察にも同じことを聞かれたのだろう。岡本は、考える素振りも見せずに教えてくれた。

「町田にある山本美容師専門学校に進んでいます。卒業してから連絡もないし、遊びに来たこともないので、その後どうなったのかは分かりませんが……。まさか彼女が殺人事件を起こすなんて……。信じられません」

全て、自分たちが引き起こした事件だ……。

「今日は……いろいろとありがとうございました」

「お役に立てたかどうか」

「いえ、本当に助かりました」

「じゃあ、玄関まで送りますよ」

英明は職員玄関で靴に履き替え、岡本を振り返った。

「それじゃあ、ここで失礼します」

踵《きびす》を返し、岡本に背を向けた時、一つだけ気になっていたことを思い出した。

「無木は、どんな学校生活を送っていたんでしょうか？　いじめられていたとか？」

岡本は寂しそうな表情で言った。

「いじめられてなどいません。ただ正直言って、周りに相手にされていなかった。いつも独りぼっちで、イスに座って小説を読んでいましたね」

教室で生徒たちが騒いでいる中、自分の席に座ったまま本を読んでいる蕪木の映像が浮かんだが、一瞬にして消し去った。

3

私立堀内高校を後にした英明は、岡本が教えてくれた山本美容師専門学校を訪れた。ここに足を運んだのは大正解だった。彼女の就職先の情報を手に入れることができたのだ。

どうやら、藤沢にある『ジェーン』という美容室に就職したらしい。事件の手掛かりとなる情報があるかもしれないと、英明はもう一度、藤沢に行こうと決めた。

「それじゃあ失礼します」

専門学校で蕪木の授業を担当していた講師に頭を下げ、英明は再び来た道を戻り始めた。

帰宅ラッシュの満員電車に揺られながら藤沢に向かう間、英明は山本美容師専門学校でのやり取りを思い出していた。蕪木毬子の授業を担当していた講師は彼女のことをこう言った。

目立つ子ではなく、無口だった。ハッキリ言って何を考えているのか分からない。本当に美容師になりたいのかと、当初は疑いを抱いていた。今だから言うが、特にセンスは感じなかった。

ただ美容師に対する熱意は人一倍だった。真面目《まじめ》に授業に取り組んでいた。プライベートに関することは何も知らない。見習いとして『ジェーン』に就職が決まった時は、表情にはあまり出さないものの、喜んでいたと思う。

英明は夜の景色を眺めながら、蕪木が人の髪をいじっている姿を想像してみた。

やはり、似合わない。

なぜ美容師を夢見たのかは分からないが、彼女は夢を叶えた。初めのうちは一生懸命頑張ったのだろう。でも今はどうだろうか。人を殺しておきながら、平然と人の髪は切れないだろう。

それなら蕪木はどこだ。

どこに潜んでいる。

「どこなんだ……」

英明は、吊革をギュッと握りしめた。

息苦しい空間から解放されたのは、藤沢駅のホームに降り立った瞬間だった。冷えた風が新鮮に感じられた。

ふとホームを見渡していると、向こうのほうからこちらに蕪木が歩いてくる。スカーフにサングラス。徐々に徐々に迫ってくる。英明はジリジリと後ずさる。無表情の蕪木が近づいてくる。

次の瞬間、英明の髪に蕪木の手が伸びてきた。何とか逃れようと後ろを振り返った途端、階段に向かう男性とぶつかった。舌打ちしながら迷惑そうに去っていく男の背中を追った時には、蕪木の姿はもうどこにもなかった。

改札口を抜け、山本美容師専門学校で教えてもらった目印を頼りに、ようやく『ジェーン』と光る看板を発見できた。

「ここか」

英明は、店の重いドアを押した。

4

パーマ液の独特の臭《にお》いが鼻についた。店内には三人の女性客と、てきぱきと動く美容師たち。店のつくりはシンプルで、白を基調としたスタイリッシュな美容室だった。

英明に気がついた若い女性のスタッフがやってくる。

「いらっしゃいませ。こちらへどうぞ」

好感の持てる明るい声で促される。

「いや、髪を切りに来たわけではないんですけど」

「え？」

「あの、責任者の方はいらっしゃいますか？」

そう尋ねると、彼女は不思議そうな顔をしながら言った。

「少々お待ちください」

一人残された英明は、何をするともなく美容師の素早い手つきを見つめていた。

間もなく、一人の男がやってきた。

「お待たせしました。責任者の井上です」

「どうも。小久保と申します」

「今日はどのような件で？」

茶髪に無精ひげを生やし、ジャケットに黒い革のズボン。見た目四十代前半の男は、腕や首にもアクセサリーをつけている。

「実は、ちょっとお聞きしたいことがありまして」

「蕪木毬子のことですか？」

「え？　ああ……もう警察が」

「驚きましたよ。うちで働いていた子が殺人事件の容疑者なんですからね」

あまり深刻な言い方ではなかった。他人事と言ってしまえばそれまでなのだろう。

「で、あなたは？　まさか被害者の関係者？」

あまりにも不躾すぎると思ったので、英明はそれには答えなかった。

「それで、蕪木は」

井上は軽快に笑った。

「もういませんよ。入って一年くらいはいたのかなあ。突然辞めたいと言って、それっきりです」

「そうですか……」

憮然《ぶぜん》とした表情で英明は呟いた。

「彼女のことなら、相川加奈子という子に聞くといいですよ。彼女は蕪木と同じ時期に入ってきた子ですからね。相川のほうが私よりよく知っていますよ」

「今いらっしゃいますか?」

「ええ。奥の部屋で休憩しています。どうぞ」

英明は奥に案内してもらえることになった。井上が気さくな人でよかった。

「さあどうぞ」

休憩室と書かれたドアを、井上は二度ノックして、返事も待たずに開いた。

若い女性が二人、こちらに目を向けた。一人はロングヘアーのほっそりとした女性で、テレビの前に座っている。もう一人は、十代とも思える顔立ちで、うっすらと茶色い髪。女性誌を両手で持ちながらこちらに体を向けていた。二人とも腰に仕事道具をつけたままだ。

「相川」

井上が呼ぶと、女性誌を手にしたほうが返事をした。

「この方が、蕪木について聞きたいらしいんだ」

目が合って、英明は頭を下げる。

「いいな？」

相川は訝《いぶか》しげに頷いた。

「は、はい……」

それを確認すると、井上はこちらに向いた。

「それじゃあ私は仕事に戻ります。この子がいろいろと知っていると思いますので」

テンポよく話がまとまっていくのが怖いくらいだ。

「ど、どうも。ありがとうございます」

「それじゃあ」

ドアが閉まると、テレビの前に座っていた女性も立ち上がった。

「何だかお邪魔のようね。私も出ていったほうがいいみたい」

二人になったのを確認してから、英明は切り出した。

「すみません。突然お邪魔して」

「はあ」

「そこ座ってもいいですか？」

英明は相川の向かいのソファを指さした。

「どうぞ」

ゆっくりと腰を下ろす。相川の視線がじっと注がれているのが分かった。

「井上さんが、蕪木さんのことでって言ってましたけど……あなたは？」

「小久保と言います。蕪木毬子のことで、ちょっと聞きたいことがあって。友人が、彼女の被害に遭っているんです」

「本当ですか？」

「ええ。それで、早速なんですが、あなたと蕪木はこの美容室に同じ時期に入ったそうですね？」

まるで警察の取り調べのようだと苦笑しながら尋ねた。

「はい、そうです。見習いとして」

「仲が良かった？」

「いいえ。初めのうちは全く話しませんでした。蕪木さん自身、あまりお喋りなほうではなかったので。本当にこの人が美容師を目指しているのかなって思ったくらいですからね」

「何がきっかけで彼女と仲良くなったんですか？」

「同時期に入ったのは蕪木さんだけだったし、私も友達がほしかったから、しつこいくらい蕪木さんに話しかけたんです。お昼休みや休憩の時に」

「それでだんだんと仲良くなったんですね？」

「そうですね。でも、蕪木さんは一年くらいで辞めちゃったから、仲が良かったといっても、深く知っているわけではありませんよ。ここの美容師さんたちの中では、の話です」

「分かりました。それじゃあ、相川さんが知っている限りでいいので、彼女について教えてもらえませんか」

相川は、ポツポツと喋りだした。

「初めのうちは私が一方的に話してたんですけど、時間が経つにつれて、少しずつ蕪木さんも明るくなって、私にだけはいろいろと話してくれるようになりました。私、その時思ったんです。彼女は無口なんかじゃなく、ただ人見知りが激しいだけなんだって」

相川の言う蕪木が、どうしても想像できない。笑みを浮かべた顔をイメージすることさえ困難だった。

「どんな話をしたか憶えていますか？」

相川は少し考えて口を開いた。

「ただの世間話が多かったかな」

「他には？」

「他に、ですか？」

相川は迷いながらも、そういえば、と口にした。

「何です？」

「こんな話をしたことがありました。ずっと蕪木さんに聞いてみたかったことです」

「それは何？」

「どうして美容師になりたかったのか」

それは英明も知りたかったことだ。

「何て、答えました？」

「確か……彼氏のためだって言ってましたね」

彼氏？

蕪木がそう言ったのか？

「彼氏の……」

「ええ。なんでも、彼氏の髪を私が切って、もっと格好よくなってもらいたいから、私は美容師を目指しているんだって、そう言っていました。ずっとつき合っている彼がいたみたいですよ？」

彼氏……。

まさか。

「……本当？」

「本当ですよ。それを聞いた時、ものすごく羨ましいと思ったから。だって彼氏のために美容師になるなんて、素敵ですよね」

相川の口調が少し興奮気味になる。

「そ、そうですね。それで、その彼氏の名前とかって憶えてますか？」

聞くのは怖い。だが、聞かずにはいられない。

相川はあっさりと答えた。

「憶えてますよ。何かと彼氏の名前を口にしていましたからね。確か……ヒデ……」

ヒデ……アキ。そう続くのか。

相川は手のひらをパンと叩いた。

「そうだ、ヒデアキさんですよ！　ヒデアキさん！　間違いないです」

嘘だ……。

ヒデアキ。

ヒデアキ。

一体、何を考えているんだ、あの女は。

「本当に、ヒデアキって言ったんですか？」

信じたくなかった。認めたくなかった。

英明は否定させるのに必死だった。

「ええ。確かにそう言っていましたよ。ものすごく仲がいいらしくて、有休をとって彼氏とランドマークタワーや鎌倉に行ってきたって自慢されて、お土産《みやげ》ももらいました。毎日彼の部屋に行っては、手料理を作ってあげてるって。クッキーを焼いて持っていってあげると、とっても喜んでくれるとも言っていましたね。休日には、ドライブに連れていってくれるって、そんなことも言ってたな。だからあの時の自慢話は、何だかちょっと悔しかったです。でもまさか……殺人事件を起こすなんて……想像できません」

妄想だ。作り話だ。

どうして彼氏だと思い込める？

勘違いにもほどがある。

あの女は病気だ。

狂ってる。

「どうしました？」

相川の声が空しく聞こえる。もう自分が関係している話題からは遠ざかりたかった。

「彼女、今どこに住んでいるかは分かりませんよね？」

「彼女は善行《ぜんぎょう》に住んでいました。ご存じですよね？　善行」

小田急線の善行駅。藤沢から二つめだ。

「でも、蕪木さんが辞めた時、彼女のアパートに行ってみたんですが、もう引っ越した後のようでした。だからその後どうなったのかは、私にも分かりません」

そうですかと、英明は残念そうに下を向いた。それもそうだ。相川が蕪木の居場所を知っていたら、警察はとっくに捕まえているだろう。

それにしても、どうして美容師を辞めた？　そしてどこへ消えたのだ。

時計を確認した英明は、ソファから立ち上がった。相川がそれ以上は知らないと言うのなら、ここにいる意味はない。

「今日はありがとうございました。これで帰ります。お仕事頑張ってください」

「外までお送りします」

英明は相川と一緒に、店の外に出た。

「それじゃあ、ここで」

「今度は髪を切りに来てくださいね」

英明は作り笑いを浮かべた。

「ええ、ぜひ。それじゃあ」

相川に背を向けると、すぐに呼び止められた。

「あの」

相川は少し躊躇った後、こう続けた。

「小久保さんは被害者の方の関係者だと言いましたよね？　蕪木さんとは、別に何の関係もないんですよね？」

咄嗟の質問に、英明はあれこれ考えてしまった。

「え、ええ。友人が被害に遭ったので、自分に何かできないかと思って、情報を集めてるんです」

「そうですか……。でもどうして彼女、人殺しなんか……」

相川の疑問に、英明はハッキリと答えた。

「知りませんよ。狂った人間の考えなんて」

5

疲れ切ってアパートのドアを開けると、ヒンヤリとした空気を感じた。

靴を脱ぎ捨てた英明は、暗闇の中で一人佇《たたず》んだ。蕪木の言葉が蘇ってくる。

『英明のために私は美容師になるの』

『私が英明の髪を切ってあげるの』

蕪木の執念。病的な愛。陰で自分の名前が口にされていたという不快感。

相川のおかげで、蕪木がどうして美容師になりたかったのかは分かった。しかし結局、彼女の過去を知っただけだった。事件の手掛かりなど一つも得ていない。こんな嫌な思いをするくらいなら、初めから動かなければよかったと思わずにはいられない。

ただ一つ、気になることがあった。

『彼と一緒にランドマークタワーや鎌倉へ行ったそうですよ』

あの時はそれほど深く考えはしなかった。しかし今思えば、何かが引っかかる。

「俺も、行っている……」

そうだ。確かに行っている。大学生の時、友人とランドマークタワーや鎌倉に。

ただの偶然か……。

「ちょっと待てよ」

急いで押入れからアルバムを取り出した。慌ててページをめくっていく。

「これだ」

友人たちとランドマークに行った時の写真を見つけた。

タワーを背景に男五人でピースをして写っている。英明は、その背後に注目した。

子供。子供。子供。

大人に、カップル。

その中に紛れてこちらを見ているスカーフにサングラス姿の女。

「嘘……だろ」

写真をアルバムから抜き出し、じっくりと確認した。

「か、か、蕪木だ」

写っている。確かに蕪木が。英明たちの背後に小さく、スカーフにサングラスの女がひっそりと佇んでいる。

「おいおい」

怖くなった英明は、他の写真も確認していく。ランドマークタワーでの写真は計五枚。その五枚全部に蕪木が写っている。背後に小さく小さく。

ランドマークタワーの写真を投げ捨て、鎌倉に行った時の写真を探した。

「……これだ」

あの日は、友人の一人が三十分以上も遅刻し、みんなで怒った記憶がある。なんか雨が降りそうだなとみんなで喋ったのを憶えている。そう、天気は曇っていたのではなかっただろうか。そのため、観光客はそれほどいなかった。もしあの場所に蕪木がいたら、気づいていたはずだ。

それなのに。

あじさい寺として有名な明月院の前で英明一人が写っている写真の遠くに、サングラスの女。満面の笑みを浮かべる英明の背後に蕪木毬子。

「これもだ……」

英明は次々と確認していく。

「これも。これも。これもこれもこれも！」

あまりの恐怖に、英明は身を縮め頭を抱えた。助けて……。

その時ハッと我に返り、乱暴にページをめくった。

大学生の頃、友達がチケットを四枚もらったというので、は虫類館に連れて行かれた時の写真がある。あまりの気持ち悪さに英明は顔を顰めて写っている。だがそれだけならよかった。やはり、背後に……。

「ふざけんな……」

二枚。三枚。四枚と写っている。

次は中学の体育祭での集合写真。さすがにそこに蕪木の姿はなかった。

だが……。

「これもだ」

その体育祭の打ち上げで、クラスのみんなとファミリーレストランに行った時の写真。英明が友達と写っているその窓越しに、通行人を装った蕪木がいる。スカーフもサングラスもしてない頃の蕪木毬子。

英明はページをめくり続けた。

卒業証書を手にしながら友達と肩を組んでいる写真。そこにも、やはり蕪木が……。

高校の時の写真。

やはり蕪木。

「ふざけんな!」

背後に蕪木が写っていたなんて、今まで気づかなかった。蕪木はずっと前から接近していたのだ。今に始まったことではなかったのだ。

「そうか……。そうだったのか」

もう一つ分かってきたことがある。過去につき合っていた二人の彼女のことだ。彼女たちとはつき合って一ヶ月も経たないうちに突然別れている。

三宮絵里に、浅田紀子。

あの時は自分に何か欠点があるのではないかと真剣に悩み、深く落ち込んだ。しかし、それも自分のせいではなかったのではないだろうか？

　当時つき合っていた彼女たちの背後に忍び寄り、脅し続ける蕪木……。

『二度と英明に近づくな。これ以上近づいたらただじゃ済まない』

『英明に近づくな。私はずっと見ている。次に近づいたら必ず殺す』

　そうだ。そうだったのだ。全ては蕪木の仕業だったのだ。そうに決まっている。そうでなければ、二人が二人とも理由もなく突然別れを切り出すわけがない。あいつが全て絡んでいたのだ。今すぐ彼女たちに連絡をとればいいのだが、今では電話番号は知らないし、共通の友人もいない。それに、居場所をつきとめたとしても、会ってはくれないのではないか。蕪木に恐怖心を抱いているのなら……。

　いや、それよりも。

「……理香子」

　まさか、彼女にも。

　携帯を手にとって、急いで理香子を呼び出した。

　なかなか出ない。

　呼び出し音だけが空しく響く。

「おい出ろよ！　出てくれよ！」

それでも理香子は電話に出ない。

コールの回数が増えるたび、心臓が締めつけられていくようだ。

「理香子……」

二十回以上呼び続けただろうか、ようやく反応があった。

「理香子！」

こんな時に限って電波が悪い。

「理香子？」

電波が乱れて向こうの声が聞こえない。まさかすぐ隣に蕪木が……。

「もしもし？」

電話の向こうからは、途切れ途切れの雑音しか聞こえてこない。

「理香子？」

ようやく電話の向こうから声が聞こえてきた。

「もしもし？」

その瞬間、英明は安堵《あんど》し、しゃがみ込んだ。

理香子の声だ。

「よかった……」

「え？　何？　英明？　どうしたの？」

英明は必死に平静を装った。

「ううん。何でもない。ただ声を聞きたかったんだ。今、何してたの？」

「今？　お風呂に入ってたの。電話に気がつかなくてごめんね」

彼女が無事ならそれでいい。

「何かあったの？」

「いや、ちょっとな」

「変なの」

「そ、そうだよな」

「あ、そうだ。明後日だよね、英明の誕生日」

誕生日？

「そっか。そうだね。すっかり忘れてたよ」

蕪木のことばかりが頭にあったせいか、自分の誕生日なんて思い出しもしなかった。

「ケーキ作って行くからね」

先生が殺され、哲也と正が襲われ、更に剛司が忽然と消えた。そんな時に自分だけが彼女と誕生日など祝っていいのだろうか。

「英明？　聞いてる？」

たっぷりと間をあけて、口をついて出てきたのは、全く違う言葉だった。

「会いたい。今すぐ会いたい」

「え？　何言ってんの？」

「会いたいんだ。今すぐに」

「でも……」

理香子は言いよどんでいる。

「頼む。会いたいんだ、どうしても」

「でも、明後日会えるんだよ？　それにお風呂入っちゃったし」

「頼む」

明らかにいつもと様子がおかしいことに、理香子も気がついて戸惑っているようだ。

「どうしてもって言うなら……。別にいいけど」

「分かった。すぐに行く。すぐに行くから」

「うん……。分かった。それじゃあ、待ってる」

電話を切って、すぐに上着を掴んだ。蕪木への怯《おび》えを、理香子に会うことで一瞬でも忘れられればいいと思っていた。

狂乱

1

十一月最後の日は、スッキリしない空模様だった。

大和北郵便局に到着した英明は、ロッカーで制服に着替え、第二集配課に向かう。そして班の職員たちと挨拶を交わし、仕事にとりかかった。

郵便が多くてなかなか作業が進まない上に、蕪木のことに頭がいってしまい、仕事に集中できなかった。

いまだに剛司からの連絡はない。何度電話してもつながらず、不安は増すばかりだった。一体、どこへ消えてしまったのだ。

あの女の執着心を思うと、剛司の身が益々心配になった。もしかしたら既に……という考えを否定する自信すらなくなっていた。剛司が虐待を受けているシーンが、頭にちらつく。

蕪木の存在は、仕事にも影響をきたしていた。

「おい、小久保」

配達の準備をしていると、福島班長に肩を叩かれた。

「何ですか？」

「ほらこれ、誤配達。これもだ。申告書が二枚も来ているぞ」

そう言われ、誤配達の申告書を突きつけられた。

「すみません」

「どうした？　お前らしくないぞ。この頃ちょっと変だぞ。寝てないんじゃないのか？　何かあったか？」

「いえ。何でもありません」

軽く答えてはおいたが、助けてくれと叫びたいくらいだ。

「まあとにかく、この二軒には午前中に郵便を取りに行くと言ってあるから、ちゃんと行って謝ってこいよ。いいな？」

「分かりました」

とりあえず返事はしたが、誤配達などどうでもよかった。

「おい誰だ？　俺のバイクのキーと間違えているのは」

今度は副班長の松本が声を上げている。

「みんなちょっと確認してくれ」

もしかしたら、と英明は自分のポケットをまさぐった。案の定、違うバイクの番号が書かれたキーが出てきた。

「すみません。僕です」

「お前かよ。何やってんだ」

「すみません」

英明は自分のキーを渡され、頭を下げた。

「しっかりしろよ、しっかり」

そう言い残して、副班長は外に出ていった。

「何だよ。何かあったのか？」

市川が声をかけてくる。

「いえ。別に何でも」

「元気ないじゃん」

「いや、ちょっと風邪気味なんで」

「そうか」

そう言い残して、市川は配達に出ていった。

蕪木に踊らされているかのような自分に呆然《ぼうぜん》とし、気がつくと英明の他に、部屋には誰も残っていなかった。

2

単純な間違いのないように、一通一通丁寧に確認し、郵便をポストに入れていく。そして次の家にバイクを走らせる。

配達していても、蕪木のことが頭から離れない。

知らず知らずのうちに、英明は後ろを気にする癖がついてしまった。背後に誰もいないことに安堵し、配達を続け、しばらくしてからまた後ろを確認してバイクを走らせる。その繰り返しで、精神的にまいり始めていた。

自分を励ましながら仕事をこなし、十二時四十分には何とか全ての郵便を配り終えた。

時計を確認し、局に帰るか、と呟きながら、念のため書留鞄を開けてみる。

「やっべ」

鞄の中に残っている一通の書留を取り出した。

「午前配……」

こんなミスは滅多に起こさないはずなのだが、朝から全てがうまくいかない。

午前中指定というのは文字どおりの意味で、客が午前中に配達を希望している郵便だ。そのため午後になると外出してしまう可能性が高い。要するに、少し遅れると苦情の原因となるものだ。

「とにかく行かなきゃ」

英明はバイクにまたがり、現地に急行した。

マンションに到着した英明は、配達先の905号室に向かうため、全速力で走り、入口の手前で足を止めた。

今、背後に何かを感じたのは気のせいだろうか？

殺気というか、強い何かを。

「蕪木……」

咄嗟に振り向く。辺りをうかがい、近くに潜んでいないかと怪しげな人物を探した。しかし、英明の前にはいつもと変わらぬ風景が広がっているだけだった。

「気のせいか」

少々、神経過敏になっているのかもしれない。

午前中指定のことを思い出し、マンションのエレベーターに向かった。エレベーターの表示は8を示している。

「何だよ、こんな時に」

ボタンを強く押してもエレベーターがおりてくる速度は変わらない。ようやく一階に到着し、扉が開くのももどかしく、英明は中に乗り込んだ。もう動いているのに、九階に着くまで9のボタンを何度も何度も押し続けた。

祈る思いで、英明は905号室のインターホンを軽く押した。

反応はない。

再度押してみると、中から足音が聞こえた。

「どちらさまですか?」

「すみません。書留です。印鑑お願いします」

ドアが開き、よそ行きの格好をした主婦が出てきた。出かける寸前だったのかもしれない。

「すみません。遅れてしまいまして」

「いいのよ。忙しいでしょ?　寒いし。ご苦労さまね」

いい人でよかったと英明は胸をなで下ろした。

印鑑を捺してもらい、受領書をはがし書留を渡した。

ドアが閉まり、一段落した英明は時計を確認する。

十二時十五分を過ぎている。今日の昼休みはなくなってしまうだろう。

もう急ぐことはない。英明はゆっくりとエレベーターに向かった。

ロビーで管理人とすれ違い挨拶を交わした。そして、バイクにまたがろうとして、何かがおかしいと気づいた。

バイクの向きは変わっていない。

「…………？」

英明は、配達用の黒い鞄が閉じていることに気がついた。確か、開けたままマンションに向かった。いや、配達が終わった段階でいつも鞄は開けておくのだ。それなのに閉じているなんて、あり得ない。

ひょっとすると、蕪木がここへ現れたのかもしれない。

開けるか、そのままにしておくか。

無論、開けるしか選択肢はなかった。

黒い鞄に恐る恐る手を近づける。そっと鞄を開けてちらっと中を見た。

ポツリと置かれた青白い何かが見えた。丸っぽいものに五つの棒が伸びている。それが何なのか、最初はよく分からなかった。真ん中の辺りに、『×』と彫られている。これは……何だ。

よく見ようと顔を近づけた瞬間、全てを悟った。

「ああああああああああああ！」

青白い手。切り取られた人間の手のひら……。バイクから飛び退《の》き、恐怖に震えた。

「どうしました？」

先ほどの管理人がやってきて、心配そうな顔を寄せてきた。

「あ……あ……」

言葉を発することができない。肩を強く揺すられ、何とか黒い鞄を指さした。

「あ、あ、あれ……」

「何です？」

そう言いながら、鞄の中を覗《のぞ》き込んだ管理人は、もう一度じっくりと見た後で叫び声を上げた。

「だ、だ、誰か！」

その声に驚き、外にいた住人が集まってきた。

「警察！　警察を呼んで！」

周囲の騒ぎを他人事のように感じながら、英明は地面にへたり込んだ。

左の手のひら。

蕪木の冷笑。

「剛司……」

頭の中に剛司の笑顔が浮かび、消え去った。

3

狭い空間に、クリーム色の壁紙。

時計やテレビ。

テーブルの上にはスポーツ紙。灰皿には山盛りの吸い殻。

ここが警察ということだけは分かっていた。あれからパトカーが何台もやってきて、事情聴取という形で英明はパトカーに乗せられた。

一体あれからどれだけの時間が経過したのだろう。時計を確認すると、午後三時半を示している。

どうやら約二時間、頭の中は真っ白だったようだ。鞄の中身が今でも頭から離れない。

青白い左の手のひら。

『×』印。

「おい、剛司……」

あの手のひらは、剛司のものなのだろうか。この部屋の中に入ってから一度だけ、赤間がやってきた。話の内容はほとんど憶えていないが、一言だけ鮮明に頭に残っている。

『私の予想ですが、あれは新庄剛司さんのものかもしれません。現在調べている最中ですが、おそらくは』

信じたくないし、信じられるはずがない。だが現実に、剛司の行方はいまだ分かっていない。もしあれが本当に剛司のものだとすれば、剛司は蕪木に殺されている。

「どうしてこんなことに……」

後悔しても、もう遅い。過去には決して戻れない。蕪木への過ちは償えない。

不意に、部屋のドアが二度ノックされた。

返事もできずに顔だけ上げると、赤間と竹上が部屋に入ってきた。

「どうも」

英明は力なく頭を下げる。

「どうやら、少しは落ち着かれたようですね。さっきまで、話しかけてもずっと放心状態でした」

「すみません」

「あなたが謝ることはありません。あなたはれっきとした被害者です。あんなものを見せられたら誰だって普通ではいられなくなりますよ」

赤間はズボンのポケットからタバコを取り出してすすめてきた。

「落ち着きますよ」

気遣いはありがたいが、そんな気分ではなかった。

「それで……」

「はい？」

「あの手のひらは一体……」

その先を言う勇気のない英明の心中を察してか、赤間が説明を始めた。

「新庄さんのものである可能性が高いと捜査本部ではみています。もちろん、今の段階で断定はできませんが」

英明は沈みがちな気分を振り払い赤間に視線を向けた。

「犯人は、蕪木は……」

赤間は残念そうな表情を浮かべた。

「いえ。まだ居場所は特定できていません」

二人の刑事が向かいのソファに腰を下ろした。

「ただ」

竹上のその声に、少し期待を込めて顔を上げた。

「ただ……何ですか？」

「事件の起きたあのマンションで、蕪木は目撃されているんです。六階の廊下で遊んでいた子供二人に」

「本当に蕪木だったんですか？」

「ええ。間違いありません。スカーフを頭に被ったサングラスの女が、赤いバイクに近づいていたそうです。白いビニール袋を手にしていたそうです」

ビニール袋。その中に手のひらを入れていたのか。

「狂ってる」

英明がそう洩らすと、赤間は腕を組み、そうですね、と言って続けた。

「犯人は狂ってます。人を殺すだの傷つけるだの、もうそんな次元じゃなくなってきている。彼女は今の状況を楽しんでいる。本当はもう復讐なんてどうでもいいのかもしれません」

「どういうことですか？」

「あなたに自分の存在を知らせたいだけなのではないですか？　蕪木毬子は」

「存在を……知らせる」

「要はアピールしているわけですよ。私は近くにいると伝えたいのかもしれない」

「それだけのために」

「充分に考えられますよ。蕪木は本気であなたを愛しているようですからね。この前、吉池哲也と石松正の事件でそれが分かったでしょう」

確かにそうだ。蕪木に愛されている。病的なほどに。

「それで、ですね」

「何か？」

「昨日、私たちは、事件の手掛かり、そして蕪木に関する情報を摑むために、彼女がかつて住んでいた家に足を運びました」

「話によると、そこにはもう」

「ええ。誰も住んでいません。まだ買い手もついていないようなんですが、近所の住人にいろいろ話を聞くことはできました」

「それは、蕪木についての」

「ええ。まあそうです」

また自分の名前が出てくるのではないかと、英明は平静ではいられなかった。

「彼女には父親がいません」

「ええ。それは知っています」

「妹がいるというのは？」

「まあ」

「では、その妹が彼女から虐待を受けていたというのはご存じでしたか？」

予想もしなかった内容に、一瞬言葉に詰まった。

「……初耳です」

「そうですか。蕪木が中学に上がった頃からでしょうか、妹の身体に痣《あざ》が目立つようになったようです」

「痣……ですか」

「腕や足にいくつもの痣ができていたようですね。まだ小学生だった彼女の妹に、隣の家の住人が聞いたそうなんです。その痣はどうしたのって」

「そしたら？」

「何も答えなかったそうです。怯えたように首を横に振るだけで、その時は走っていってしまったそうです」

赤間は続ける。

「妹の痣はひどくなる一方で、彼女が中学に上がった頃に、その住人がもう一度、誰にも言わないから話してちょうだいと事情を聞いてみたそうなんです。そうしたら、お姉ちゃんに毎日やられていると言ったそうなんです。毎日クジを引かされている、と」

「クジ、ですか」

『×ゲーム』

英明は自分がクジを引いた時のことを思い出した。クジを開くと『蕪木にマジ告白』という文字が……。

「どうしました?」

英明は妄想をかき消す。

「いえ、何でも。それで?」

「毎日毎日、箱の中からクジを引かされて、そのクジに書かれてある内容の虐待を受けるのだそうです。木の棒で殴られたり、火で指をあぶられたりもしたそうです」

「ひどすぎる。それじゃあ蕪木は、僕らの真似をしていたというのですか?」

「それは何とも言えません。真似というよりも、自分がいじめられていた怒りを妹にぶつけていたのではないでしょうか。ただの真似ならそこまでやる必要はないですからね」

「実の妹なのに?」

「彼女は妹と思っていなかったかもしれない」

妹は蕪木を姉と思っているのに?

そうだとしたら悲しすぎる。

「彼女が何を考えているのか分かりません。母親と妹にしてもそうだったはずです。このまま一緒に住んでいればいつか殺される、と」

「そんな……」

実の娘に、殺される……。

「蕪木が専門学校を卒業した頃、彼女は母親に百万円を無心したそうです。一人暮らしをするから金が必要だと。それを手切金として、母親と妹は突然姿を消したそうです。あの子とはもう一緒にいられない。このままでは娘も私も殺される。行き先も告げず、母親は最後に隣の住人にそう洩らしています」

蕪木は実の母親と妹にも逃げられた。そして周りには誰もいなくなり、本当に独りぼっちになった。

だが、同情の余地はない。彼女は犯罪者だ。

「実は昨日、僕も彼女の過去を探りに行きました。じっとしていられなかった。剛司のことだってあるし、事件の手掛かりになるようなことがあればと思ったんです。でも結果的には、知らないほうがよかった」

「どういう意味です？」

「写真です」

竹上が聞き返してくる。

「写真？」

「ええ。僕が大学の友人とランドマークタワーや鎌倉に行った時の写真の背後に、蕪木が写っていたんです。無表情でこちらを向いているんです。それだけじゃなかった。中学の写真や高校の時の写真にまで」

それにはさすがに驚いたのか、赤間と竹上は顔を見合わせている。

「もう僕はどうしたらいいか……。それに剛司が……」

「とにかく蕪木を捜し出すしかありません。我々に任せてください」

本当に任せて大丈夫なんだろうかと、英明は警察すら信用できなくなっていた。

4

午後五時半。アパートの駐車場にバイクを停めて、ヘルメットを脱いだ。青白い手のひらが頭から離れず英明を悩ませる。

いつもどおり、一階の集合ポストの中を確認する。ピザの広告やピンクチラシに混じって黒い紙袋が入っていた。

「なんだ……？」

郵便物ではない。

切手もないし、宛名はおろか差出人の名前も書かれていない。

蕪木の仕業だろう。段々と手口が大胆になっている。

手のひらがまた脳裏をよぎる。英明は中身を確かめた。

ビデオカメラと8ミリテープ。

これを観ろ。

蕪木のメッセージが伝わってくる。

不吉な予感を抱きつつ、英明は自分の部屋に急いだ。

上着を脱ぐのももどかしく、紙袋からビデオカメラと8ミリテープを取り出すと、テレビに接続し、テープを挿入した。

ビデオカメラの再生ボタンに指を伸ばしたが、押してもいいのかと躊躇する。

中身はなんだ。

観ても大丈夫なのか。

結局、思い切って再生ボタンを押し、固唾《かたず》を呑んで、画面を見守った。

画面全体が青くなり、映像が流れ始めた。

「剛司！」

英明は身を乗り出し、大声で叫んでいた。殺風景な部屋が映っている。

バックには黒いカーテン。

裸電球しか灯《とも》っていないのか、室内は薄暗い。

そして部屋の中心にある白いイスに剛司が縛られている。イス自体を床に打ちつけてあるのか、どんなにもがいてもビクともしないようだ。

口にはガムテープが何重にも貼られており、剛司は呻《うめ》くことしかできない。何を言っているのか分からないが、助けを求めているに違いない。

その声が突然やみ、急に怯えを見せ始めた。

蕪木が現れたのだ。

彼女はカメラの前に屈《かが》んで、チェックを始めた。

「家から持ってきた古いやつだけど……。うん、大丈夫。ちゃんと録れているわよね」

画面いっぱいに蕪木の顔が迫ってくる。

「無様な格好ね」

蕪木の穏やかな言葉に、剛司の呻き声が重なる。

「助けてほしい？」

優しい口調で言う蕪木に、小刻みに頷いて懇願している。

「昔は私をいじめ続けていたのに、いざ自分の番になると助けてほしいと頼み込むのね。そんなわがまま通用しないわよ」

蕪木は穏やかに話し続ける。

「リーダーだったあなたには、よくひどいことをされたわよね。大声で笑いながら私をいじめ続けていたもんね。今は全く逆ね」

クックックと蕪木は満足げに笑みを浮かべる。

「分かる？　どれだけ私が辛かったか、あなたに分かる？　私の痛みや苦しみが」

剛司は必死に頷いてみせる。その態度を見ると、彼女は急に右の拳で剛司の顔面を思い切り殴りつけた。

「ふざけんな！　てめえに何が分かる。私の何が分かる！　お前に分かってたまるか！」

言葉が怒りで震えている。息を荒らげ剛司を見下ろしていた蕪木は、再び落ち着いた様子を見せた。

「これからたっぷりと仕返ししてあげるわ。覚悟しててね」

そう言い残して彼女は部屋から出ていった。剛司一人を残して、依然カメラは回り続けている。

「……剛司」

その哀れな姿を前にしても、どうしてやることもできない。ただ不安が募るだけだった。

蕪木が、画面に戻ってきた。

その手には箱。

見覚えのある箱を手にしている。

「懐かしいでしょ？　これであなたたちは私をいじめ続けたのよね。本当は英明だって私にひどいことはしたくなかったはず。それなのにあなたたちがそそのかすから……。英明に謝りなさい」

彼女がそう諭すように言った。

「謝れよ！」

再び拳が剛司の顔面をとらえた。

「まあいいわ。これでたっぷりと仕返ししてあげる。さあ引きなさい」

箱を目の前に差し出したが、剛司の両手を後ろに縛っていることに気づき、彼女は冷たく笑った。

「そっか。そうね。それなら私が引かせてあげる」

彼女はイスの後ろに屈み、縛られた右手を箱の中に突っ込ませた。

「引きなさい」

剛司は引かずに拒んでいる。

「殺すわよ！」

彼女の迫力に怯えたのか、剛司は恐る恐るクジを引く。

「貸しなさい」

奪い取るようにしてクジの中身を確認し、彼女は不気味な笑みを浮かべた。

「『ガスバーナーの刑』だって。いきなりすごいの引いたわね」

蕪木は再び部屋から出ていった。剛司は忙《せわ》しなく周りを見回している。

ドアの音がして、右手にガスバーナーを持った蕪木が剛司に歩み寄ってきた。

「どこをあぶる？」

その質問に、剛司は視線を宙に彷徨《さまよ》わせた。

「え？　指？　指がいい？　そっか、指がいいのか。それじゃあ右手の指にしようかしら」

「おい……。本気かよ」

英明の動悸が早くなる。ガスバーナーに火をつけた蕪木が背後に回ると、剛司は激しくもがき、縛られた両手をバタバタとさせた。

「じっとしてなさい！」

ガスバーナーの炎が、剛司の右手に勢いよく噴射した。狂ったような悲鳴が上がる。

「やめろ！」

英明の声は蕪木には届かない。蕪木は右手をガスバーナーであぶり続ける。

「ふふふ。もっと泣きなさい。熱い？　熱いでしょ？　もっと苦しみなさい！　もっともっと！」

クスクスと笑いながらガスバーナーで剛司の右手を焼いていく。

「もういい！　やめろ！」

剛司は身体全体でもがき苦しんでいる。観るに堪えない光景に、英明は目をそらした。

「『ガスバーナーの刑』はこれで終わりよ」

その言葉に英明は画面に視線を戻した。だがこれで終わるはずがない。ガスバーナーを床に置き、蕪木は再び箱を手にして剛司の後ろにまわった。すると彼女は嬉しそうに言葉を発した。

「あら？　もう右手使えないじゃない。ドロドロに溶けてるわよ」

画面越しでもそれがよく分かった。変形してしまっている右手からポタポタと血が滴っている。

それをじっと見つめてしまった英明は手で口を押さえた。

「仕方ないわね。それじゃあ左手で引きなさい」

泣きわめいている剛司はクジを引くことができない。

「引きなさいって言っているでしょう。早く引きなさい……。引けよ！」

やむなく剛司は二枚目のクジを引いてしまった。クジを奪った蕪木は中身を確認し冷笑した。

「『爪はぎの刑』……だって」

「もうやめてくれ……」

しばらくして部屋に戻ってきた彼女の右手には、ペンチが握られていた。

「右手の爪はもう溶けちゃってるから……。左手の人差し指の爪をひっこぬいちゃおう」

蕪木は剛司の後ろに屈む。

そして、本当に生爪をはぎ始めた。

「やめろ！」

もう観たくない。やめろ、やめてくれ。

英明は俯いたまま、画面をまともに観られなかった。女の甲高い笑い声と想像を絶する痛みに苦しむ男のくぐもった悲鳴が聞こえてくる。英明は耳をふさぎ、うずくまった。

一瞬だけ画面に目を戻すと、ちょうど爪がはがされるところだった。

「やりすぎだ……」

ようやくテレビから剛司の悲鳴が聞こえなくなった。

「『爪はぎの刑』……。これで終わり」

そして蕪木は付け足した。

「じゃあ次」

まだやるのか。完全に狂っている。こいつは人間じゃない。悪魔だ。

蕪木は剛司の後ろに屈む。

「引きなさい」

穏やかな口調のうちに剛司は真っ赤に染まった左手を震わせながら三枚目を引いた。抵抗しても無駄だと思ったのだろう、何もかも蕪木の言いなりになっている。

クジの中身を確認すると、彼女は静かな口調で言った。

「『バラバラの刑』……」

その瞬間、英明は凍りついた。

黒い鞄の……左の手のひら。

「剛司！」

殺される。剛司が殺される。

蕪木は殺すつもりだ。ビデオテープを回しながら剛司を。

蕪木の右手にはノコギリ。

剛司はガタガタと全身を震わせている。

「おいやめろ！　やめてくれ……」

「どこから切ろうか？　どこがいい？」

剛司のくぐもった声。

「え？　肩？　肩にする？　それじゃあ、肩から切っちゃおうかしら」

暴れながら悲鳴を上げ続ける剛司の目の前に立ちはだかり、彼女は左の肩にノコギリを置いた。

そして鋭い口調でこう言った。

「もう死ぬのよ、あなたは」

剛司の動きがピタリと止まった。室内が静まり返る。

やめろ。

「それじゃあ、切るわよ」

やめろ。

まさか……。生きたまま。

「いい？」

「やめろ！」

剛司のくぐもった叫び声と同時に、英明は停止ボタンを押していた。もうこれ以上耐えられない。

あの手のひらは、間違いなく剛司のものだ。

「剛司……」

震えが止まらない。あの女は常軌を逸している。そしてあの女はまた接近してくるかもしれないのだ。

英明は立ち上がった。ビデオカメラと8ミリテープを手にして、明かりをつけたまま部屋を飛び出していた。

5

大和北警察署に到着した英明は赤間を呼び出し、何も言わずにビデオカメラと8ミリテープを渡した。あまりの衝撃に、事情をうまく説明することができなかった。英明の態度に異様なものを感じ取った赤間は、それらを手に奥の部屋に消えていった。彼がテープの中身を確認している間、英明は別の部屋で待機していた。

その間もテープの内容が、頭の中で繰り返される。

ガスバーナー。

爪はぎ。

ノコギリ。

蕪木の笑顔。

剛司のくぐもった叫び。

そして、手のひら。

とうとう蕪木が暴走し始めた。あの女を、早く捕まえてくれ！

あまりの恐怖に声を上げそうになった時、扉がノックされた。

英明の返事と同時に、赤間が部屋に入ってきた。

「赤間さん……」

すがるような声で立ち上がった。

「そのまま」と制せられて、英明はソファに腰を戻した。

「それで……ビデオは？　全部、観たんですか？」

これだけは聞かずに済ますわけにはいかない。

「ええ。観ました。あれは酷すぎる。普通の人間はあそこまでできない。刑事の私でさえ、途中で観るのを躊躇ったくらいです」

当たり前だ。それが普通の人間の反応だ。

「それで……」

勇気を出して、声を絞り出すようにして言った。

「剛司は……。殺されたんですか？」

赤間は一つ間を置いて、深く頷いた。

「あのビデオを最後まで観なかったのは正解です。観ていたら、あなたの正気が失われてしまう。それほどまでに酷い映像だった」

剛司は生きたままノコギリで肩を切られたのか……。

「生きたまま……殺されたのですか？」

「いえ、蕪木は腕をノコギリで切り落とす前に彼を殺しました」

「どういうことです？」

「悲鳴を上げ続ける新庄さんに怒り、『静かにしろ』と金槌で何度も頭を殴りつけたんです。しばらくすると、新庄さんはグッタリとなってしまいました。その時点で死亡したのかもしれません。人を殺しても悪びれた様子を見せない蕪木は、その後ゆっくりと腕を切り落とし、床に落ちたその腕を踏みつけて手首を切ったんです。血だらけになっても鼻歌を歌い続けていました。目的を果たした彼女は、どうやら遺体を風呂場に運んだようです。しばらくお風呂に入れないとカメラの前でぼやいてましたから。そして……」

「もう結構です」

英明は赤間を止めた。

「え？」

「もうやめてください」

もう何も聞きたくない。剛司は殺された。その事実だけで充分だった。

「そうですか。そうですね」

言いすぎに気付いたのか、英明の心情を察して、赤間もしばらくは口を開かなかった。

「あのビデオはこちらで預からせていただきます。よろしいですね？」

あんなテープ、触りたくもない。

「どうぞ」

「もしかしたらあのテープの中に、蕪木の居場所を摑むヒントが隠されているかもしれない」

捕まえると言っておきながらいまだ蕪木を発見できない警察の無力さに、英明はいい加減腹が立っていた。

「とにかく」

一語一語、かみしめるように言った。

「とにかく一刻も早く奴を捕まえてください」

「分かってます」

「気分が悪いので、今日はこれで失礼します」

部屋を出ようとすると、赤間に声をかけられた。

「それともう一つ」

「何です」

思わず投げやりな口調になってしまう自分を抑えられない。

「録画を停止する直前に、蕪木はあなたにメッセージを残しています。『愛してるよ、英明。いつまでも一緒だからね』と」

愛してる。

愛してる。

愛してるよ、英明。

その言葉に、英明の頭の中で蕪木の顔が広がった。

スカーフを被ったサングラスの女がそう言ってニッコリと微笑んでいる。

肩を落とし、英明は赤間に背を向けた。

「小久保さん！　家までお送りしますよ」

「いえ、結構です」

つい、そんな言葉が口をついて出てしまった。

部屋から出て、どこまでも続きそうな暗い廊下を、英明はゆっくりと歩いていった。

友人たちと別れた明神理香子は、地元の有名デパートに足を運んでいた。英明の誕生日プレゼントを買いにやってきたのだ。

デパートの中は、クリスマスが近いこともあってか、子供連れの家族やカップルで賑わっていた。いつまでも笑顔の絶えないその平和な光景だけで優しい気持ちになれる。

ここに来る途中、何をプレゼントするか真剣に悩んでいた理香子はふと、英明の一言を思い出した。

新しい時計がほしい。

それは遊園地でデートをしている最中、ポツリと洩らした一言だった。

唐突な言葉ではあったが、理香子は忘れていなかった。だからプレゼントは時計にしようと決めてきた。

エスカレーターを下りて時計売場に向かうと、二組のカップルと二十代後半と思われる男性が時計を選んでいた。理香子もその中に加わった。

「いろいろあるなあ」

ガラスケースの中の時計を理香子は一つひとつ目で追っていき、英明の好きそうな形を探した。

「どのような時計をお探しですか？」

いろいろな時計を見比べていると、店員に声をかけられた。

「いえ、ちょっと」

返事を濁すと、店員は笑顔を浮かべてこう言った。

「彼氏へのプレゼントですか？」

そう言われ、理香子は恥ずかしくなった。自分では意識していないのに、顔が綻んでいるということか。

「ええ。そうなんですけど……。迷っちゃって」

「それなら、ペアウォッチなどはいかがでしょうか」

「ペアウォッチ……」

「きっと彼氏も喜ぶと思いますよ」

悪くない。いやむしろペアウォッチがいいと理香子の気持ちは固まった。

「ペアウォッチはどこに？」

「こちらです。ここが全てペアウォッチとなっております。これなんかいかがですか？」

勧められたものはデザインが派手だし値段が高すぎた。

「ちょっとそれは……」

「それでは、このタイプは？　シンプルなデザインで、カップルに人気がありますよ」

次に出されたそのペアウォッチは、先ほどのものとは対照的で、シンプルさが大人の雰囲気をかもし出している。

「これ……いいですね」

「ええ。とっても」

この時計だったら、英明もきっと喜んでくれるだろう。

「これ、ください」

「ありがとうございます。では、こちらへお願いします。プレゼント用でよろしいんですよね？」

「はい。そうです」

「かしこまりました。少々お待ちください」

店員の手で、ペアウォッチが丁寧に包まれていく間、理香子は胸を高鳴らせていた。英明の笑顔が頭に浮かぶ。が、理香子は何も知らなかった。英明が今、どんな状況に立たされているかなど……。小学校時代の先生が殺されたのは知っているが、英明とは関係ないと思っていたし、それ以上は何も聞かされてはいなかった。そして今日の昼間に英明の身に何が起こったか。

「お待たせいたしました」

理香子は店員から綺麗に包まれた品物を受け取った。

プレゼントをバッグの中にしまい、理香子はエスカレーターで一階まで下りた。

デパートから一歩外に出ると、寒さが身体を突き抜けた。

「さむーい」

身体を縮ませて、バッグの中のプレゼントを見つめた理香子は、明日の二人だけの誕生パーティーを想像し、気持ちを弾ませて家路についた。

デパートから遠ざかると、車の音も賑やかな声も聞こえなくなり、暗い道を理香子は歩いていた。

前方には薄暗く長いトンネル。人気《ひとけ》もないし気味悪いし、本当はあまり通りたくないのだが、ここを通れば自宅への近道になる。いつもは怖いと思うのだが、明日のことばかりを頭に描いていた理香子は、知らず知らずのうちにトンネルの中に足を踏み入れていた。

コツコツコツと自分のヒールの音が辺りに響く。

周りには相変わらず落書きがひどく、点滅を繰り返す蛍光灯が、恐怖心をあおる。

車が後ろから走ってきては、ものすごいスピードで通り過ぎていく。

そのうちの一台が、やたらゆっくりと走ってきた。そして、静かに理香子を追い抜いていった。

白いセダン。

その車がなぜかトンネルの出口付近でハザードランプを点滅させて停車した。道にでも迷ったのかと思ったが、車内灯が光るわけでもなかった。携帯でも使っているのかなと理香子は考えていた。

トンネルから出て何気なく、白いセダンを追い抜いた。すると車のドアが開く音がして、後ろで小さな声がした。

「彼女でもあるまいし」

それは、女の声だった。

棘《とげ》のある言葉に、理香子は一旦足を止めたが、気味が悪いので、歩調を早めてその場から立ち去ろうとした。

「あんた、英明の何？　一体、何なの？」

英明？

偶然か。

それとも……。

「憎たらしい女」

すぐ後ろから聞こえる声に振り向いた時にはもう、口にハンカチが当てられていた。

薬品の臭いとともに意識が朦朧とし始め、右手からバッグがストンと落ちた。

身体が急に重くなってくる。

車のドアが開く音がして、理香子は後部座席に強引に押し込まれた。

スカーフを頭に被ったサングラスの女がぼやけて見える。

「これ、忘れもんだよ」

そう言われ、バッグが投げつけられた。

「少しの間、眠ってろ」

それが女の最後の言葉だった。

6

大和北警察署からアパートに戻った英明は上着を脱ぎ捨て、ベッドに倒れ込んだ。悪夢のような出来事に、身も心も疲れ切っている。

目を閉じても、ビデオの画像がちらつく。

剛司のくぐもった叫び。

蕪木の笑顔。

そしてメッセージ。

剛司が殺された。処刑されたと言ってもいい。これからどうなってしまうのだろうか。蕪木はまだ終わらせてはいないはずだ。次は自分かもしれないという恐怖。病的なほど愛されているという思い。一体、俺はどうすればいいのだと、英明は深いため息をついた。どうすれば終わらせることができるのだろう。

携帯が鳴っている。無気力に画面を確認すると、新着メールが一件。

それはチエからのメールだった。

『今なにしてる？　私はね、家に帰ってきたところ。今日はずっと友達と遊んでた。映画に行って、洋服買って、アクセサリーも買ったからもうお金ない！　やっぱりバイトしなくちゃいけないのかなあ」

返信する気分になれず、携帯をテーブルに置いた。

明かりをつけたまま、いつのまにか英明は眠りに就いていた。

何かの物音でふと目覚めた。

テーブルの上の携帯がまた呼んでいるのだ。

「何だよ……」

新着メール一件。

今度はイズミからだった。

『起きてた？　私はずっと悩んでて眠れないんだ。実はお父さんが会社をリストラされたの。不景気だからとか何とか適当な理由でクビになったみたい。それでね、私もこれからはしっかり働こうかなって考えているんだ。要はちゃんと就職しようって考えているわけ。これからは今までのような生活はできないし、お金だって必要になる。だからいつまでもフリーターでチャラチャラしている場合じゃないんだって考えさせられたんだ。今のバイトは辞めて、ちゃんと就職する。親にも心配かけさせるわけにはいかないもんね。てゆーか、暗い話題でごめんね。またメールするね。おやすみ』

読み終えた英明はため息をついた。今は人の心配をしている場合ではないし、そんな余裕などない。電源を切って、再びテーブルに戻した。

もう何も考えたくはない。

英明はベッドに仰向けになり目を閉じた。蕪木からのメッセージが何度も何度も聞こえてくる。気が狂ってしまいそうだった。それでも疲れ切っていたのか、すぐに暗闇へと吸い込まれていった。

ここはどこだろう？　目の前の隙間《すきま》から見える、どこか見覚えのある場所……。

教室だ。

小学校の教室。それにしても自分は何をやっているのだろう。どうやら教室の後ろにあるロッカーの中に立っているようだ。どうして自分がこの中にいるのかは判然としなかった。

誰かが近づいてくる。コツコツと廊下から音が響いてくる。やがて教室の前で音が途切れ、勢いよく扉が開いた。

「どこかなー」

そう言いながら頭にスカーフを被ったサングラスの蕪木毬子が入ってきた。見えなくとも、気配で分かる気がした。

「どこに隠れているのかなー」

英明は口に手を当てて、息を殺した。ロッカーの中に入っている意味がようやく分かった。入っていたのではない。隠れていたのだ。蕪木から逃げていた。

「この中にいるのはもう分かっているんだから、出てきなさい、英明」

妙に優しい声が不気味だった。

「あ！」

教室の中で隠れられる場所といえば、このロッカーしかない。彼女もそれに気づいたようだ。

一歩一歩、近づいてくる。

「そこなの？　そこにいるの？」

そう言いながらサングラスが近づいてくる。

「そこでしょ？　返事しなさいよ。早く出てきなさいよ。何もしないから」

嘘だ……。出ていったら何をされるか。

「分かった。今から10を数えるから、その間に出ていらっしゃい。その間に出てこなかったら……許さないわよ」

突然、語尾が鋭くなった。蕪木はカウントダウンを始めた。

「10、9、8、7、6、5、4」

容赦なく秒は刻まれていく。

英明はロッカーを開けることができない。

「3」

「2」

「1」

英明はギュッと目を瞑った。そして最後の一秒が刻まれた。

「0」

結局ロッカーを開ける勇気はなかった。

「あーあ。せっかくのチャンスだったのに。それじゃあ、私が開けるわよ？　いいわね？」

目を瞑ったまま、英明は震えていた。

ゆっくり、ゆっくりと扉が開かれた。

蕪木からの言葉はない。目の前にいるはずなのに。

英明は閉じていた目をゆっくりと開いた。そこには、無表情の蕪木がいた。そして何も言わずにニッコリと微笑んだ。


今度はどこだ。

どうやら、毎日の通勤路のようだ。今度は一体何をしているんだ?

何かを探しているようだ。が、何を探しているのかは分からない。とにかく、落とし物があるようだ。

英明は探し続ける。自分でもよく分からない何かを。必死になって、夢中になって。

だが見つからない。コンタクトでも探すかのように地面を這《は》う。それなのに見つからない。自分でもこの行動の意味が分からない。

立ち上がって違う場所に移動してみる。真剣になって探していると、後ろから肩を叩かれた。だが探し物に夢中になっていた英明は振り返らない。しつこく今度は三度叩かれる。それでようやく英明は振り向いた。目の前にはスカーフにサングラスの蕪木毬子が立っていた。英明は悲鳴を上げて、後ずさった。

「何か探し物ですか? 手伝いますよ」

目を見開いたまま口も利けずにいると、背後で別の声がした。

「私も手伝います」

振り返ると、そこにも蕪木が立っていた。

「私も」

「私も手伝いますよ」

いつのまにか右にも左にも蕪木が立っていた。前後左右を同じ顔に囲まれた英明は大声で叫んだ。


ふと気づくと、また教室に戻っていた。

そこでは英明たち四人が蕪木をいじめていた。彼女はイスに座り、小説を読んで無視している。それでも構わず英明たちは罵倒を続けた。

突然、箱の中からクジを引いた剛司は、その内容を確認した後、爆竹を手にして火をつけた。そして蕪木の机に投げつけた。導火線はジリジリと短くなっていき、けたたましい音とともに破裂した。それにも無反応の彼女に対し、剛司がとうとう腹を立てた。

「どこ行くんだよ」

英明たちの声も聞かず、剛司は教室から出ていった。スカーフにサングラスの蕪木は依然として小説を片手にこちらを見向きもしない。

教室に戻ってきた剛司の右手には理科の実験で使うビーカーが握られていた。

「何だよ、それ」

「硫酸だ」

「ど、どうするんだよ」

驚いた口調で哲也が聞くと、怒りを含んだ口調で言い放った。

「ぶっかけてやる」

まずい。それはやりすぎだ。だが急いで止めようとした時には、既に剛司は蕪木の前に立っていた。

「やめろ！」

英明の叫び声と同時に、剛司は蕪木の身体に硫酸を思い切り浴びせかけた。その途端、クラス中の女子が悲鳴を上げた。蕪木の身体から微かな煙が上がり始める。微かに漂ってくるのは、皮膚の溶ける臭いだろうか。何をやっても無反応だった彼女が小説を叩きつけ、こちらを睨《にら》みあげた。その眼光に四人は怯み、後ずさる。すると彼女は机の中からノコギリを取り出した。

「ぶっ殺してやる」

そう言って立ち上がり、こちらに近づいてくる。

「に、逃げろ！」

剛司のかけ声とともに四人は全力で逃げた。慌てて教室から出ようとするが、教室のドアがどうしても開かない。鍵などないはずなのに。蕪木はもうすぐそこまで来ていた。どうすることもできず、四人はドアに貼りついた。ノコギリを手に持った蕪木が徐々に歩み寄ってくる。

「やめろ……。やめてくれ」

英明は声を震わせ、許しを乞う。だが彼女が立ち止まる気配はない。

「許してくれ」

全くの無反応。そして四人めの前に立ち止まり、小さくこう言った。

「殺してやる！　ぶっ殺してやる」

こいつは本気だ。四人は膝から崩れ落ちる。もう一歩近づいた蕪木はサングラスに手をかけた。

そしてそれをゆっくりと外したのだった。

「やめろ！」

そこで目覚まし時計がけたたましく鳴り響き、夢から覚めた。

それからの記憶はない。

意外にも、汗は少しもかいていなかった。

お仕置き

1

十二月一日。日曜日。

今日は二十三歳の誕生日だ。それをこんな気持ちのまま迎えることになるなんて……。素直に祝ってもらえない。理香子には悪いが、今はそれどころではない。

この日は日曜出勤だった。昨日の件もあり、福島班長に仕事を代わろうかと言われたが、あえてそれは断った。部屋の中にいても嫌なことばかりが浮かんでくる。思い出したくないことばかりが頭を駆けめぐるのだ。かえって仕事をしたほうが気分が楽になると思った。ビデオテープのあんな映像に関わり合うのは、もうたくさんだ。

「行くか」

カーテンは閉めたままだし、ベッドも乱れたまま。いつ食べたかも分からないパンの袋も、テーブルに置きっぱなしだった。

夜の九時に理香子がアパートにやってくる。その前に少し片づけないとな。そんなことを思いながら、英明はバイクのエンジンをかけ、大和北郵便局へと向かったのだった。

大和北郵便局に到着した英明は、ロッカールームで制服に着替えた。日曜日なので着替え終えるまでロッカールームには誰一人現れなかった。

第二集配課のドアを開けると、各班の日曜出勤者三人が立ち話をしていた。「おはようございます」

力なく挨拶をする英明に、反応は冷たかった。こちらをジロジロと見ながら、三人は耳打ちしている。昨日あんな事件が起こったのだ。白い目で見られるのは仕方なかった。もう、ここの局にはいられなくなるかもしれない。最悪、郵便局を辞めなければならないかもしれなかった。

日曜日の主な仕事である書留と速達を責任者から受領し、配達する順番を確かめるために地図を確認した。

準備を整えた英明は、休憩室でタバコを一本吸ってから外に出た。

配達しながらも、時々急に蕪木の存在が気になり、内心怯えてはいたが、何事もなく予定どおりの八時に仕事を終えることができた。

そう。このまま無事に一日が終わると思っていた。

だが、その考えは甘かったのだ。

2

午後八時半。アパートの階段を上がり鍵を開けた英明は、寒い風に身を縮めながらドアを開け、暗闇の玄関の明かりをつけて靴を脱ぎ、部屋に入る前にトイレに向かった。

用を足して部屋に入り明かりをつける。

上着を脱いで、ベッドに放る。

が、異変に気がついたのは、その時だった。

部屋から出ていった時と今の様子が明らかに違う。

カーテンが開いている。

ベッドが綺麗になっている。

テーブルのゴミも片づけられている。灰皿も磨いたかのようだ。

部屋全体が、隈なく掃除されている。

「理香子?」

彼女にだけは合い鍵を渡してある。もしかしたら驚かすつもりでやったのかもしれない。さては、どこかに隠れているな。その子供っぽさに笑いながら、狭い室内を見回した。

クローゼットが全開になっている。その中にポツリと置かれたゴルフバッグ。父親にもらって以来、ずっと眠りっぱなしのものだった。その中身が全て抜き取られている。アイアンやパターが横に立てかけられているのだ。それなのに、バッグのチャックは閉められている。どういうことだろうと、首を傾げた。

まさかこの中に隠れているのか？　いくら女性とはいえ、この中に入るのは……。

「理香子？」

英明はゴルフバッグにそっと声をかける。

少しずつ近づいてみる。ゴルフバッグの中から理香子が出てくる気配はない。

「理香子？」

三度目に声をかけた時、ゴルフバッグが微かに動いた感じがした。

え？

英明は急に怖じ気づいてしまった。

それでも勇気を振り絞ってゴルフバックの前に屈み、ファスナーを開けて中身を確認した。

「……なんだよ」

中は、空っぽだった。思わず安堵の息が洩れる。だがそうだとすると……。理香子はこの部屋に来ていない。だとしたらどうして部屋の様子が変わっている？　どうしてゴルフバッグの中身が抜き取られている？

「……蕪木」

彼女の仕業かもしれない。

「でも、どうやって……」

考えをめぐらせていると、テーブルの上の携帯がガタガタと振動し始めた。そのタイミングに不吉な思いがよぎる。

新着メール一件。

それは、チエからのメールだった。

『どうしてメール返さないのよ！』

今までのやり取りの中で、チエがこんな乱暴なメールを送ってきたのは一度だってなかった。しかも返事を催促するなどあり得なかった。これは本当にチエなのかと疑いを抱いた。

『まあしょうがないよね。英明は社会人だもんね。忙しいんだもんね。そんなことよりも今日はおめでとう。二十三歳の誕生日だね』

英明は啞然《あぜん》とした。

チエに現在の歳は伝えてある。だが、誕生日までは……。

それなのにどうして。

立て続けにメールが届いた。

今度はイズミからだった。

『それでね』

それでね？

どういうことだ……。

ジワリジワリと、震えがこみ上げてくる。

『英明に見てもらいたいものがあるんだ。冷蔵庫を開けてみてくれるかな』

頭が真っ白な状態のまま、冷蔵庫へと急いだ。

「……これ」

扉を開けると、中には大きなケーキが冷やされていた。イチゴのショートケーキ。その中心にチョコレートで『お誕生日おめでとう　愛してるよ　英明』と丁寧に書かれてある。取り出してみると、その奥に一本のカセットテープが置かれてあった。

これを聴けということか……？

英明はコンポにカセットテープを挿入し、再生ボタンを力強く押した。

雑音の後に、蕪木の声が聞こえてきた。

『ハッピーバースデイトゥーユー、ハッピーバースデイトゥーユー、ハッピーバースデイディア英明、ハッピーバースデイトゥーユー』

歌い終えた彼女は一人で盛り上がっている。停止ボタンを押すと同時にまたもメールが届いた。

チエ、と表示されている。

『ケーキ見てくれた？　英明のために一生懸命作ったんだよ。だから味わって食べてね』

冷静になって、頭を働かせた。

今まで全く気づかなかった。チエもイズミも初めから存在していなかった。蕪木だったのだ。

二つの電話を操って、蕪木がメールを送っていたのだ。今まであの女とメールをやり取りしていたのだ。そう思うと、鳥肌が立ってきた。

携帯の振動が、再び手に伝わった。

「何なんだよ！」

新着メール一件。

イズミ、との表示。

『ずっとずっと一緒だよ。こんな女とは一緒に祝わせない』

そのメールに、英明は呆然と立ちつくした。こんな女？

「理香子……」

ようやく思い至った。どうして蕪木がこの部屋に入れたのか……。

合い鍵を使ったのだ。

その合い鍵は、どこで手に入れた……？

「くっそ！」

英明は急いで理香子に電話をかけた。

「頼む、出てくれよ……」

祈る思いでコールを続ける。一旦切ってかけ直そうとした時、またもメールが入ってきた。

チエ。

『いくら電話したって無駄だよ。この女が悪いんだ。だからこの女には』

最後の文字に、英明は戦慄した。

『×ゲームだね』

英明は、ゴクリと生唾を呑み込んだ。

『×ゲーム』

ビデオテープのあの映像……。

「理香子……」

携帯が床に落ちる音が静かな室内に響いた。

3

ここは、どこ？

何も見えない。

身体が縛られて動けない。

喋ることすらできない。

どうしよう……。

怖い。

夜と朝の区別さえ理香子には見当もつかなかった。冷静に記憶を辿っていく。

デパートで英明へのプレゼントを購入し、帰る途中の長いトンネルの出口付近で、白いセダンから出てきた女に声をかけられた。

英明という名前が気になって振り向いた途端、口にハンカチを押し当てられた。そこからは朧《おぼろ》気《げ》にしか憶えていないが、車に乗せられて……そこで意識は途切れた。

気づくと目隠しで視界はとざされ、イスに身体が縛りつけられており、口にはガムテープが貼られていた。

全く状況が摑めない。これから一体どうなってしまうのだろうと、不安だけが渦巻いている。

助けて、と開かない口で叫ぶ。

誰かが助けに来てくれることを願い、そして信じた。すると、ドアが開く音がした。

不吉な予感に思わず押し黙った。

足音が近づいてくる。助けに来てくれた人物だとは、到底思えなかった。

「お目覚めね？」

その声で理香子は断片的な記憶を蘇らせた。スカーフにサングラス……。

そうだ、この女に私は！

「目隠しくらいはとってあげないとね」

理香子は目隠しを外された。だが目の前にあの女が立っているかと思うと、どうしても目を開けられなかった。

「目を開けて」

妙に優しいのが逆に怖い。女はどんな顔をしているのか……。

「早く開けろ！」

女の怒声に、理香子は反射的に目を開けてしまった。

「初めまして、このメスブタドロボウネコ女」

拉致された時と全く同じ格好をしている女。理香子は彼女から目をそらすように首だけを動かし周りを確認した。

薄暗くて狭い室内には裸電球しか灯っていない。後ろは黒いカーテンで覆われている。全く光が洩れていないということは、今は夜だろうか？

「私の部屋へようこそ。どう？　いい部屋でしょ？」

イスとカーテン以外は何もない。

「この部屋に来たのはあなたで二人め。最初の男もいい部屋だって言ってくれたの。けれどその彼、もう死んじゃった。殺したの、私が。今は浴槽の中にいるわ。見たい？」

死んだ、殺した。

簡単にそんなことを言う女に理香子は唖然としていた。

「あっそう。それならいいわ別に。時間もないし」

誰か助けて！　英明助けて。このままだと殺される！

「まあ、ここには誰も来ないけどね」

そう言って、女は顔を近づけてきた。そして、なめ回すように理香子の顔をジロジロと見た後、こう言った。

「全くどういう神経をしているんだか。人の男に手を出すなんて。しかも一緒に遊園地にまで行っちゃって。英明だって悪いのよ。こんな不細工な女にひっかかるんだから」

人の男？

嘘だ。この女の言っていることはデタラメだ。この女はどこかおかしい。

「英明から何も聞いてないの？　だったら教えてあげる。彼には私という本当の恋人がいるの。私たちはずっと結ばれているの。彼のほうから私に告白してくれたのよ。だから他人のあなたが手を出さないでくれる？」

訳が分からず、理香子はただ女を見つめていた。するとすかさず女の怒声が放たれた。

「聞いてんのかよ！　他人が手を出すなって言ってんだよ！」

理香子は、頷くしかなかった。

「それとも、知ってて手を出したんじゃないだろうな」

女の口調が次第に荒くなっていく。

「まあいい。どちらにしてもお前は許さねえからな」

そう言った後、女は理香子のバッグに目を移した。

「なんだこれ」

まずい。バッグから英明へのプレゼントが顔を覗かせている。

女はプレゼントを抜き取った。

「これってまさか……」

お願い触らないで。お願いだから！

しかし、女はにやつきながらこう言った。

「英明の誕生日プレゼントじゃないの？」

理香子は必死に否定した。

「そうなんだろ？」

それでも否定し続ける理香子の頬に、バシッと衝撃が走った。

「嘘をついてんじゃねえよ！　そうなんだろ？」

激しく迫ってくる女に、理香子は涙をにじませた。

「残念だね。英明にはもう私がプレゼントを渡してあるの。もう他のプレゼントは必要ない。だからこれは要らないんだよ」

そう言って、女は包装紙を引き裂き、中身を確認した後、馬鹿にするような台詞を吐いた。

「へえ、ペアウォッチねえ」

まるで汚い物を持つようにして、人差し指と親指で大切なプレゼントを摘んだ。

「これはもう要らないね。壊しちゃおう」

その時、理香子には聞き覚えのないメロディーが部屋に響いた。女は床に置いてある携帯を一《いち》瞥《べつ》した。

「メールだから後でいいや。それよりもこれ、壊しておかないと」

そう言いながら女はポケットの中から金槌を取り出した。

やめて！　お願い。

理香子は必死にもがいた。女はペアウォッチを床に置き、金槌を振りかざした。

やめて！

そして、金槌は獲物をとらえた。女は何度も何度もペアウォッチを叩き続ける。狂ったように何度も何度も。見ているうちに涙が溢れてきた。思い出になるはずだったプレゼントが、壊されていく。

「あーあ。動かなくなっちゃった」

そう言って立ち上がった女を、理香子は思いきり睨みつけた。

「何だ？　その目は」

怯《ひる》むことなく、理香子は目で怒りをぶつける。

「おい。こんなもんで許されると思うなよ。お前はこれからお仕置きだ。英明に手を出した罪は重いんだ。お前にはこれから、『×ゲーム』だ」

そう言い残し、部屋から女が出ていくと、一気に不安が押し寄せてきた。

『×ゲーム』?

理香子の表情が、険しさから恐怖に変わった。

一体、何?

女の携帯が再び鳴っている。

まさか、英明?

英明なら助けて! 早く来て!

だが、その思いもむなしく、女が部屋に入ってくると同時に鳴りやんでしまった。

「お待たせ」

なぜか女は段ボールで作られたと思われる箱を手にしていた。

一体、これから何が始まるの。

「これからお前には、この中にあるクジを引いてもらう。いいな?」

そう言って、女はイスの後ろに屈み、理香子は右手を強引に箱の中に入れさせられた。

「さあ引け。箱の中から」

ただただ怖くて、理香子はクジを引き上げられない。

「引け!」

だが女の怒声に怯え、理香子はやむなく箱の中から一枚のクジを引き上げた。

「貸せ」

そのクジを奪い取ると、女は中身を確認して口を開いた。

「『墨汁の刑』だってさ。楽なほうでよかったね」

女はクックックと声を上げて笑っている。そして部屋から出ていく際、再び言った。

「これからお前にはたっぷりとお仕置きしてやるからな」

部屋のドアが、バタンと閉まった。

本当に殺されるかもしれないと、徐々に震えがこみ上げる。

戻ってきた女の手には、墨汁の容器が二本握られていた。そして理香子の目の前に立ちはだかって一本を床に置き、もう一本の容器の蓋を開けながら、笑いだした。

「目を瞑っていたほうがいいぞ。息も止めておいたほうがいい」

その墨汁。まさか。

やめて！　理香子は首を激しく動かす。

「動くな！」

ドロドロとした液体が、頭からかけられた。洋服の絵柄が黒く染まっていく。理香子はただ、屈辱に耐えた。

「はっはっは。ブッサイクな顔。死んじゃえよ」

一本目が終わり、続けて二本目が同じようにかけられた。理香子の全身が真っ黒になっていく。

「あれ？　もう終わりか。どうだ？　苦しいか？　お前が悪いんだ。英明に手を出すから」

髪の毛からポタポタと墨汁が垂れる。ジメジメしているのが気持ち悪くて、理香子はつい頭を振ってしまった。その瞬間、頬に激しい痛みを感じた。見上げると、女が自分の顔についた墨汁を袖で拭きながら怒りに震えていた。

「このメスブタ！　私の顔に墨汁がついただろ！」

一方的に怒る女に理香子はただ呆然とする。

「醜いブタのくせしやがって……。謝れ！　謝れよ！」

もう一発、張り手が飛んでくる。それですっきりしたのか、女はこう言った。

「じゃあ次」

箱を手にとって、イスの後ろに屈んだ。縛られた理香子の右手は箱の中に入れられた。

「引け。早く引け！」

二枚目を引き上げると、すぐさま女に奪い取られた。そして次の言葉に理香子は小さな悲鳴を上げた。

「『ゴキブリの刑』……だって」

クスクスと笑いながら女は部屋から出ていった。もうやめて、許して。どうしてこうなるの。理香子は自分の運命を呪った。

女が部屋に戻ってきた。両手には小さな虫かごと、畳まれた段ボール。虫かごの中ではゴキブリたちが素早く動き回っている。その姿に理香子は呻いた。縛られた身体を揺り動かそうとするが、ビクともしない。

「このゴキブリたちはね、私がずっと飼っているペットなの。だから一緒に遊んであげてね」

泣き叫ぶ理香子の横に虫かごを置き、用意してきた段ボールを理香子の頭に被せる。底の部分に首の太さ分の穴が開いており、顔の前後左右は段ボールで囲われてしまった。頭の上の部分だけが空いているということは……。

「ほら、このお姉さんと遊んであげな。さあ」

女はゴキブリに話しかけ、理香子の頭上で虫かごの蓋を一気に開いた。すると茶色いゴキブリがバサバサと降ってきた。頭に乗っかっているゴキブリを、すぐさま振り払った。

理香子は半狂乱に陥り、口に貼られたガムテープ越しに悲鳴を上げる。

ウジャウジャと動き回る中の一匹が、とうとう首を伝ってのぼってきた。続けて二匹めも上がってくる。三匹めも。それに続いて四匹、五匹と。女はゲラゲラと笑い続けている。

いやあああああ！　来ないで！

ゴキブリは顎に到達し、迷うようにウロチョロしている。

下に戻ってくれればよかったのだが、顔に上がってくる。理香子は首筋を思い切り伸ばし、頭を振り続ける。が、ゴキブリは下に落ちない。それでも必死に振りほどこうとする理香子の耳に、ゴキブリの感触が伝わった。

前にも増して、激しく頭を振って、ゴキブリを何とか首のほうに落とす。次々と顔にやってくるゴキブリも、同じように振り払った。それでも安心することはできなかった。まだ何匹も首筋を上がり、顔にやってこようとする。羽を広げて、軽く飛び始めたものもいる。

「駄目だよルール違反しちゃ。ちゃんと『×ゲーム』は忠実に行わないと」

そう言って、女は一匹のゴキブリを人差し指と親指で摑み、顔に近づけてきた。

迫りくるゴキブリに、理香子は暴れる。

「動くな！」

怒鳴られても理香子は言うことをきかなかった。

「動くなって言ってんだろ！」

足をバタバタとさせる。ゴキブリが近づいてくる。徐々に徐々に迫ってくる。どうすることもできず、理香子はギュッと目を瞑った。その瞬間、ゴキブリが顔にはりつき、顔の上でウロチョロし始めた。その姿に女はゲラゲラと笑う。

「おら！　じっとしてろ！　いつまで経っても終わらねえぞ！」

怒声を放つ女に、理香子はまたもや顔にゴキブリを受けた。

「動くなよ！　動いたら殺すぞ！」

殺す、という台詞に臆した理香子は、必死に我慢し続けた。ゴキブリが目や鼻や耳に触れようが、絶対に動かなかった。今や、顔全体を覆うだけでなく、髪の中にまで入り込み、蠢《うごめ》いている。全身が鳥肌立っているのが分かる。

「よし……。まあいい。『ゴキブリの刑』はこれで終わりにしてやるよ」

そう言われた途端、理香子は頭を振ってゴキブリを落とした。

それでも、女がゆっくりとした動作でゴキブリを一匹一匹つまみ上げ、虫かごに戻すまでの間、顔の周りを自由に動き回るゴキブリに耐えなければならなかった。

もう嫌！　誰か助けて！

「それじゃあ、次」

全てのゴキブリを虫かごに戻した女は、『×ゲーム』を続ける意向を示した。こんなことが延々と続くくらいなら、死んだほうがましだ。

「さあ引け」

箱の中に右手を入れられた理香子は、女の口調が穏やかなうちにクジを引き上げた。そして中身を見た女は、こう洩らした。

「これで、終わりだね」

その台詞に、理香子は女の顔を見た。

「『バラバラの刑』……だって」

その瞬間、背筋が凍りつき、胸が苦しくなり、涙がこみ上げた。

「お前ともこれで、お別れだね」

女はそう言い残し、部屋から出ていった。

『バラバラの刑』

バラバラの……。

「うううううう！」

助けて英明！

早く助けて！

殺される！　本当に殺される！

部屋のドアが再び開き、戻ってきた女の手には、ノコギリが握られていた。

「じゃあ、どこから切ろうか」

その時、女の携帯が鳴りだした。それを無視して女は近づいてくる。理香子は表情を強張らせる。

「あの男と同じように、肩からにしようか」

あまりの恐怖に身体を動かすことすらできない。女の手に握られたノコギリが肩に置かれる。

一度は切れたはずの携帯が再び鳴り始めた。女は一瞥もくれずに迫ってくる。

「それじゃあいくよ。覚悟はいい？」

肩にノコギリが強く押しつけられたその瞬間、理香子はもう半分諦めていた。しかし、鳴りやんだ携帯がもう一度鳴りだしたのだ。

「誰だ！」

苛立つような低い声を上げた女は、ノコギリを手にしたまま携帯を手に取った。そして画面を確認し、声を上げた。

「英明！」

女の歓喜の声を聞いて、理香子はハッとした。

英明？

英明なの？　早く助けて。

「やだ。全部英明からのメールだったんだ。無視してごめんね、英明」

女はメールの中身を確認し、突然声を上げて笑いだした。そして理香子に言った。

「おい。お前は用なしだって。お前は要らないんだって。英明がそう言ってるよ。捨てられたんだよ、お前は」

嘘だ。

嘘に決まっている。

英明がそんなことを言うはずがない。

英明……。

嘘だと分かっているのに、溢れ出す涙を抑えることができなかった。

4

英明は蕪木からのメールをひたすら待ち続けた。時計に目をやり舌打ちした。

「くそ！」

他にどうすることもできず、英明は狭い部屋の中を歩き回っていた。このままでは理香子が殺される。そう感じた英明は、メールでこう送った。

『その女はただの遊びだ。もう別れるつもりだった。だからその女に手を出すことはない。時間の無駄だ。それよりも今すぐに会いたい。お前を愛しているんだ』

英明は同じ文章のメールを何度も送り続けた。とにかく理香子から目をそむけさせなければならなかった。理香子のことを思えば、仕方のない内容だった。

「理香子……」

携帯に目を向けた、その時だった。

メールが来た！

液晶画面にはチエとの表示。

『そうだね。こんな女にかまっている場合じゃないよね。でも嬉しいな。英明から会いたいなんて言ってくれるなんて』

そして次の文字に息を呑んだ。

『私も会いたい。今すぐに』

いずれはこうなるかもしれないと心のどこかでは分かっていた。蕪木と決着をつけなければ、終わらないと。

すぐに返信メールを送った。

『分かった。今すぐに会おう。君が場所を決めてくれればいい』

二分後、メールが返ってきた。

『本当に？　嬉しい。それじゃあねえ、どうしようかな。泉の広場なんてどう？　泉の広場の中で待っていてほしいな』

「泉の広場……」

泉の広場とは、東鶴間小学校からすぐ近くにあり、小学生の頃、英明たち四人はその広場でよく遊んだ。それにしてもあの女、一体どういうつもりだ。

『分かった。すぐに泉の広場へ行く。それでいいね？』

『うん。私もすぐに行く。必ず行くから。ずっと待っててね。ずっとだよ。楽しみにしてるね』

もうあれこれ考えている余裕などなかった。英明はジャンパーを着て、アパートを飛び出した。終わらせてやる、と英明はそう呟いたのだった。


三十分後、英明は泉の広場の入口に到着した。中で待っていて、という蕪木の指示どおり、英明は敷地内に足を踏み入れた。

暗闇の中から突然、カサカサと草の揺れる音がした。そのたびに振り返る。

人の気配はない。蕪木の姿は見えなかった。英明は広場の真ん中で足を止めた。中心にいれば彼女の存在にいつでも気がつくと考えたからだ。

どこからでも来い！

しかし、いくら待っても無駄に時間が過ぎていくだけだった。彼女のあまりの遅さに苛立ちが募る。ここで待ち続けて、一時間半は経過している。

「何やってるんだ」

まさか、この間に理香子を……。もう、殺されてしまったんじゃ……。

いやそんなはずはない。生きている。そう信じるんだ。

その時、赤間のことを思い出した。蕪木が来る前に連絡を入れておくべきだろう。家を飛び出してから今まで緊張と興奮状態で、肝心なことを忘れていた。

英明はポケットの中の携帯に触れた。次の瞬間、前方でカサカサと微かに音がした。

風のせいか?

英明は注意を払ったが、暗くてハッキリ確認できない。蕪木か？　あいつがどこかに潜んでいるのか？　完全に前方に気をとられていた、その時。

背後に漂う、冷たい気配。

荒い息遣い。

「やっと会えたね。ごめんね、遅くなっちゃって」

女の声に振り向こうとした時にはもう遅かった。左手で身体を押さえつけられ、首にはナイフが突きつけられていた。

「蕪木……。てめえ」

下手に動けば殺される。

身動きがとれず、首を後ろに回すことすらできない。

「ずっと待っていてくれたんだ。嬉しい。私のこと、やっぱり愛してくれているんだね」

「理香子は……どうした」

その質問に、蕪木は曖昧に答えた。

「いいじゃないそんなこと。それよりも寒いでしょ？　さあ行こう。やっと二人きりになれたんだから」

首にナイフを突きつけられていた英明は、蕪木に身体を委ねる形となった。

「嬉しい。英明と愛を確かめあえるなんて、夢みたい」

そう言って、広場の出口へと誘導する。どこへ向かおうとしているのだ。このままでは危険だと分かっているが、無茶はできない。こいつは、殺人犯だ。

「ど、どこへ行く……」

「決まっているでしょ？　私の部屋よ」

まずい。

ビデオテープの映像と、剛司の叫び声が蘇る。

「どうするつもりだ」

「せっかく再会できたのよ？　英明とはいろいろなことをしたいな」

「理香子は無事なんだろうな」

それに関して蕪木は口を開こうとしない。

「おい！」

黙ったまま、歩みを進めていく。

「おい、聞いているのか」

すると口調が一変した。

「あんな女どうでもいいだろ。いいから黙って歩け」

とうとう蕪木の本性が現れた。

「やだ！　私ったら英明の前なのに」

これ以上問い詰めるのは危険な気がして、英明はもう口を開かなかった。

「やっと着いた」

蕪木は白いセダンの前でそう呟いた。

「これに……」

乗るのか、と言い切る前に、口にハンカチを押し当てられた。薬品の臭いと同時に、突然眠気が襲った。意識が朦朧とし始めた。

蕪木が後部座席のドアを開けた。

「少しの間、眠っていてね」

英明は後部座席に静かに身体を押し込められた。そしてドアを閉める際、スカーフにサングラスの蕪木はこう言った。

「ずっとずっと一緒だよ。英明」

ドアが閉められ、車は暗闇の中へと走り出した。

二人で

1

何も見えない暗闇の中から、女の声が聞こえてきた。
英明。
英明。
誰かが呼んでいる。
英明。起きて。
ねえ英明。
「起きて英明。起きてよ」
激しく肩を揺さぶられ、英明は目を覚ました。

「やっと起きてくれた」

家具も何もない殺風景な狭い室内には、裸電球が灯っているだけで、ビデオテープに映っていた部屋と重なった。

目の前に立つサングラスの女に英明はハッとした。もう頭にスカーフは被っていない。満面の笑みを浮かべる蕪木から逃げようとしたが、イスの背もたれに身体と手が縛りつけられており、足すら動かせない。自由になるのは首だけだった。ただ剛司の時と違うのは、口にガムテープが貼られていないことだった。

目の前に立ちはだかる蕪木が、笑みを浮かべてこう言った。

「おはよう英明。もう朝よ、っていってもまだ陽が出始めたばかりだけどね」

閉め切られた黒いカーテンの隙間から、うっすらと光が洩れているのが分かった。あれからずっと眠っていたのか……。

蕪木の顔を正視できず、英明は目をそらした。

何だこれは？　床を見ると、どす黒いシミが広がっている。

これは剛司のものか？　それとも……。

英明の中の恐怖心は消えていた。あるのは怒り。ただそれだけだ。

「昨日はお誕生日おめでとう。私の作ったケーキ、食べてくれた？　おいしかったでしょ？　一生懸命作ったのよ」

その一言一言が怒りを膨らませていく。

「やっと二人きりになれたね。この時をどれだけ待ちわびたか。私、すごく嬉しい。でも私はずっと側にいたのよ？　気がついてくれた？　ずっとずっと英明を見ていたのよ？　英明だってそうよね？　私を愛してくれているんだもんね？」

英明はサングラスの蕪木を睨みつけた。

「どうしたの英明。怖い顔して。元気ないね？」

彼女のふざけた口調にはとりあわず、静かに口を開いた。

「理香子はどうした」

「理香子？　ああ、あの女？　さあね」

「どうしたんだ」

「さあ。今頃、死んじゃってるかもしれないわね」

「ふざけるな！　お前、理香子に何をした」

蕪木は惚《とぼ》けるように言った。

「別に何もしてないわよ。ただちょっと『×』を与えただけ。だって英明に手を出したんだもの。仕方ないわよね、それくらい」

「理香子はどこだ？　どこにいる」

蕪木は顔を背けた。

身体を自由に動かせるなら今すぐにでもこの女を殴り倒してやりたい。

「どこだ！」

「どこだ！　言え！」

「さあどこかしら。適当に捨ててきたわ。英明を迎えに行く途中で捨ててきちゃった」

次の質問をするにはかなりの勇気が要った。

「殺したのか？」

「殺すわけないじゃない。ただ精神的苦痛を与えただけよ」

「本当だな」

念を押すと、蕪木は可愛らしく頷いた。

「ええ」

全身の力が抜けるようだった。とりあえず理香子は生きている。

「ここはどこだ」

「ここ？　私のアパートよ。いい部屋でしょ？」

「そんなことを聞いてるんじゃない。ここは何県だ。何市だ」

「ここ？　ここは平塚よ。知ってるでしょ？」

平塚？　蕪木はずっと平塚に身を潜めていた？

隠れていたわけでもない。逃げ回っていたわけでもない。それなのにどうして警察は彼女を捕まえられなかったのだ。

「海が綺麗なのよ。今度一緒に見に行こうね」

よくもそんなことを！

「自首しろ。このまま逃げ切れると思うなよ」

「え？　自首？　どうして？　私はずっと英明と一緒にいるのよ」

駄目だ。この女には何を言っても無駄だ。

「なぜだ」

怒りで英明の言葉が震える。

「え？」

「なぜ先生と剛司を殺した。そこまでやる必要があったのかよ」

睨みつけて言う英明に対し、蕪木の答えは簡単なものだった。

「だって私にひどいことばかりをしてきた奴らよ？　殺されても仕方ないわ。森野だって、私がいじめられているのを見て見ぬふりをしていたんだもん。殺されて当然でしょ」

こいつは狂っている。だが狂わせたのは自分たちだ……。

「剛司は友達だったんだよ！　大事な友達だったんだ。あそこまでやる必要はなかった。殺すことはなかったろ！　狂ってるよ、お前は！」

英明の悲しい叫びに、蕪木は落ち込んだ様子を見せた。

「ごめんね。だけどあの男は英明に私をいじめるようにそそのかしたから、あなたに悪影響を与えると思ったの。そこまで言うなら見る？　お風呂場」

「風呂場……」

遺体をどうやら風呂場に運んだようなんです、という赤間の言葉を思い出した。

今も遺体は風呂場に？

バラバラにされた、剛司の遺体が……？

「狂ってる……。狂ってるよ！」

蕪木はそれを否定する。

「ううん。私の考えは普通よ。だって英明に悪影響を与えていた男なんだもん。殺されるのは当たり前よ」

英明はワナワナと震えながら怒りをぶつけた。

「ふざけるなよ。俺はお前なんて愛しちゃいない。告白したのだって、あれは『×ゲーム』だったんだ。それくらい分かるだろう？　勘違いもいいところだ。俺はお前が嫌いだったんだ。消えてほしかったんだよ、ずっと！　それなのに何だ？　つけ回したり写真の背後に写っていたり、俺の彼女を脅してたのもお前だろ！　携帯で近づいたり部屋まで入ってきやがって！　一体どういうつもりなんだ！　もう一度言う、俺はお前が嫌いなんだ。吐き気がする。顔も見たくないんだよ！」

これまでの思いをぶちまけるように一気にまくしたてた。が、蕪木はニッコリと微笑んだ。

「またまたぁ。強がっちゃって。私のこと、好きなんでしょ？　英明のほうから告白したのよ？　もっと素直になればいいのに」

もう駄目だ。

何を言っても無駄なのだろう。

「あの日、英明が告白してくれて、すごく嬉しかった。運命なんだって思ったわ。これからずっと私たちは一緒なんだって思った。神様ありがとうって感じ」

今の英明には、反論する気力すらなかった。

「私ね、英明のために美容師の勉強もしたのよ。高校を卒業して専門学校に通って美容室に就職したの。英明の髪を私が切ってあげるのを毎日毎日、思い浮かべてた。でもね、あんまり忙しすぎて英明を陰で見てあげられなくなっちゃって、だから辞めちゃったの。ごめんね」

　何を言っているんだ、この女は……。

「だから私、英明にもっともっと好かれるために、自分自身が綺麗になろうって思ったの。洋服も今風に変えて、お化粧も始めたのよ。でも何かが物足りなかった。そう、自分自身の顔。正直、自分の顔には自信なかったんだ。英明は私を愛してくれていたけど、私はもっと美しくなりたいと思った。もっと英明に愛されたいと思った。だから……」

　そう言って、蕪木はサングラスに手をかけた。そして、それをゆっくりと目の前で外していった。それを見た時、全ての犯行が蕪木毬子によるものであるという疑いようのない事実が、覆されそうになった。

　どういうことだ……。

「う……嘘だろ？」

　そんな……そんなはずは。

「お、お前……」

　それ以上の言葉が出てこなかった。英明は唾を呑み込んだ。

　これまで数々の犯行を繰り返していたのは、蕪木毬子ではなかったのか。

　奴のことを調べ、知ろうとしたのは無意味だったのか？

　こいつは、誰だ……。

こいつは……蕪木毬子じゃない。

「お前……。誰だよ」

恐怖の中にも戸惑いを隠せない。

「誰って……。私よ、毬子よ。何を言ってるの、英明」

「嘘つくな！」

「私が嘘をつくはずがないでしょ？　どうして信じてくれないの？」

「どうしてって……」

思わず口ごもると、彼女は笑いながら言った。

「整形したの。自分でね。一重から二重にしようと思っていろいろな本を読んで実行してみたんだけど……失敗しちゃった」

自分で……整形？

そんな馬鹿な！

あまりの驚きに、英明は女の目元を凝視する。瞼は腫れぼったく、深い傷ができており、化膿してしまっている。だから別人に見えるのか？

死んでしまっている瞳。

「ごめんね、英明に黙って整形したりなんかして。私にはきっと、『×』が下ったのね」

確かにそう言われてみれば、鼻や口は昔の面影が残っている。が、それでもいまだに信じられない。以前よりも遥かにひどくなってしまっている。

その目を見た時は混乱してしまったが、冷静に考えれば犯人は蕪木に決まっているのだ。いじめられた過去を根に持ち、先生や剛司たちに復讐するのは、この女しかいないのだから。

「そうか……。お前」

ずっとサングラスをかけていた理由がこれで分かった。

自らの正体がバレてしまうからではない。自分の手による整形の失敗を隠していたのだ。だから警察も別人と化した蕪木を捕まえられずにいた。

英明はこの女の運命を哀れにさえ思った。

「私はね、英明。綺麗になった私を見てもらいたかったの。ただそれだけなの。私はあなたを愛している。ただそれだけなの……それだけなのに！」

突然、口調が鋭くなった。

「それなのにそれなのにそれなのに！」

恐ろしい形相へと変わっていく。

その変貌に英明は目を大きく見開き、少しでも彼女から離れようとした。

「それなのにどうして！　私は英明だけしか見ていないのに！　どうして英明は他の女に手を出

して？」

その勢いに英明は口を開くこともできない。

「答えてよ！　英明どうして？　どうしてなの？　私だけじゃ物足りない？　どうして？　どうして？」

蕪木の言葉が震え始める。

「答えなさいよ！」

身の危険を感じて、思わずこう口にしていた。

「わ、悪かった」

「聞こえない！」

「悪かった。すまなかった、許してくれ。だから俺の身体を自由にしてくれ。頼む」

蕪木は腕を組む。

「反省してる？」

「は、反省してる」

いつのまにか彼女に服従している自分に英明は気がつかなかった。

「だったら……一緒に遊んでくれる？」

遊ぶ？

一体どういうつもりだ。

彼女が思い切り顔を近づかせてきて、改めて言った。

「遊んでくれるわよね？」

生温かくて臭い息が顔にかかる。英明は呆然と頷いていた。

「ああ」

すると真正面に映る蕪木の顔が綻んだ。

「嬉しい。朝から英明と遊べるなんて。それじゃあ、ちょっと待っててね。懐かしいもの持ってくるから」

そう言って、彼女は部屋から出ていった。

扉が開いた瞬間、英明は思わず声を上げた。

「持ってきたわよ。懐かしいでしょ？　これ」

その手には箱。

『×ゲーム』

あの箱だ。

英明は蕪木にではなく、その箱に怯えた。

「怖がらなくていいわよ。これは英明のためだけに作ったものだから。英明に痛い思いはさせられない。いろんなクジが入っているから、引いてみて」

右手が箱の中に押し込められた。

「引いて」

クジを摑みはしたが……どうすればいい。

「早く引いてよ」

仕方なく、箱の中からクジを引いた。

「貸して」

クジを奪われた英明は、その様子を見守る。そこに書かれていることを思うと、気が気ではなかった。クジの内容を確認した蕪木が口を開いた。

「やった！　こんなに早く見てもらえるなんて嬉しい」

無邪気な子供のようにはしゃいでから、クジを投げ捨て、ちょっと待っててねと言い残し、彼女は部屋から出ていった。

裸電球の微かな明かりに照らされ、落ちたクジは床に裏返しとなって英明の前にある。

一体、何が書いてあるのだ？

それだけが気がかりだった。

どちらにしても、死ぬ覚悟が必要かもしれない。

「お待たせ。やっぱり重いよ」

部屋に戻ってきた蕪木は、ゴルフバッグをかついでいた。それをそっと床に置く。

「お前……何をする気だ」

彼女は満面の笑みを浮かべていた。

「何をするって、ゴルフよ？　私ね、ゴルフを始めたの。まだ一回しか練習してないんだけどね」

「そんなことを聞いてるんじゃねえ！」

「だから、見てもらうのよ、英明に。私のショットを」

不思議なものを見るかのような表情でそう言った蕪木は、ゴルフボールを少し離れた場所に置き、ドライバーを取り出した。そして無言のまま、前方の英明に構えた。真剣な顔をして、彼女はボールを見つめている。ドライバーにうまくボールが当たれば白い塊が飛んでくる。顔面にだって当たりかねない。

「冗談だろ？　おい、やめろ」

怯えを含んだ声は彼女には届かない。軽く素振りをして、調子を確かめている。

「いい感じ、いい感じ」

「おい！」

素振りを終え、ドライバーを杖のようにして身体を傾けた。

「見ててね、私のショット」

「ふざけんな！」

一回、二回と前方にいる英明を確認し、深呼吸している。

「やめろ」

グリップを握り直し、再び前方を確認する。

「おい！　やめろって！」

おもむろにドライバーを大きく振り下ろした。

「やめろ！」

部屋中に英明の叫び声が響き渡ると同時に、蕪木は白い玉を狙ってフルスイングした。英明は顔を伏せ、ギュッと目を瞑った。その瞬間、耳元にシュンと風が伝わった。横にそれたゴルフボールは、ぶ厚い黒いカーテンに包まれ、勢いをなくしてポトリと落ちた。

「ちょっとそれちゃったかな。見ててくれた？」

震えを抑えながら顔を上げ、怒りを爆発させた。

「ふざけんのもいい加減にしろ！　てめえ、どういうつもりだ！　俺はお前となんて、もう一緒にいたくねえんだよ！　殺すなら殺せ！　剛司を殺したように俺も殺せよ！　さあ早く殺せ！

お前と一緒にいるくらいなら死んだほうがマシなんだよ!」

燕木はあくまで冷静だった。

「でも英明が言ったのよ、一緒に遊んでくれるって。約束は守らないとね」

そう言って箱を手にして背後に回った。

「引いて」

「誰が引くか」

燕木は耳元に口を近づけ、甘い声で囁《ささや》いた。

「引いてよ」

「近寄るな、クソ女」

そう吐き捨てると、燕木は静かにこう言った。

「引いてくれないなら、『×』与えようかな」

殺せと強がったが、実際にそう言われた時、怖じ気づいた自分が情けなかった。

「……くそ!」

やむなく英明はクジを引いた。そのクジを見た燕木は笑みを浮かべた。

「また練習の成果を見せられる。嬉しいな」

今度は何だ!

部屋に戻ってきた彼女の手にはリンゴが握られていた。左手にはダーツが確認できる。

「何をする気だ」

目の前で足を止めた蕪木は、英明の頭にリンゴをのせた。

「動かないでね？　よけいに危ないから」

「ふざけんな！」

英明は頭を振ってリンゴを床に落とした。

「ふざけてないよ。クジにはダーツで遊ぶって書いてあったんだもん」

床に落ちたリンゴを再び頭の上にのせた彼女は、英明の耳元で釘をさした。

「もう一度リンゴを落としたら……分かってるよね？」

動きを封じるには充分すぎる一言だった。喋ることさえできず、ただ彼女の動きを目で追うだけだった。

「じっとしててね、英明」

適当に距離をとった蕪木は、右手でダーツを持ち、右足を少し前に出した。

「下手に動くと危ないからね」

何度か投げる仕草を見せてから、「行くよ」と合図した。

英明は息を止める。そして再び震え始めた身体を抑え、覚悟を決めて蕪木を見据えた。

「えい」

彼女の右手からダーツが離れると、顔面めがけて矢が飛んできた。こらえ切れずに英明は目を瞑る。サクッという音がして、頭の上にのっているリンゴが床に落ちた。

「やった！　今度は成功」

蕪木は飛び跳ねて喜んでいる。

「どうしたの、英明。もっと喜んでよ」

どうしてこの女に関わってしまったんだと、自分の運命を恨んだ。

「じゃあ次」

その後も次々とクジを引かされた。手品だと言われ目の前で火を出されたり、蕪木に関するクイズを出され、間違えるとローソクのろうを手に垂らされたりした。そんなことがいつまでも続いた。

一体、どれほどの時間が経ったのだろうか。英明の精神力も限界に近づいていた。

「楽しいな。本当はもっと前から一緒に遊びたかった。あの頃の英明はあいつらにそそのかされてばっかりで、私とは全く遊んでくれなかったもんね」

「いつまで続けるんだ、こんなこと」

右手をまたも箱の中に入れられた。彼女は何も答えず、引いてと言った。半分自棄《やけ》になってクジを引く。そのクジを開いた蕪木は、珍しく英明にも中身を見せた。

「『ロシアン・ルーレット』だって。楽しみだね」

そう言い残し、蕪木は出ていく。

「『ロシアン・ルーレット』？」

嫌な予感がする。

ドラマや映画で行うロシアン・ルーレットしか頭に浮かばない。

部屋に戻ってきた彼女の右手には、拳銃が握られていた。

「お前、それ……。まさか」

蕪木の表情が、不気味な笑顔に変わった。

「これね、私が極秘で手に入れた本物の拳銃なんだ。この中に一発だけ弾を入れてクルクルと回してお互いに一発ずつ撃っていくの。すごいスリルじゃない？」

どういうつもりなんだ、この女は。自分が死ぬ可能性だってあるのに。

「何考えてんだ、お前」

蕪木は弾を一発だけ装塡し、シリンダーをクルクルと回し、適当な場所で回転を止めた。確率は五分の一。どちらかが助かり、どちらかが死ぬ。

「おい！」

「まずはどっちが撃つ？　私からにしようかな」

そう言って彼女はこめかみに銃口をつけた。

「本気か？　やめろ」

さすがの蕪木も表情が強張る。

「緊張するぅ」

英明は汗ばんだ拳を握り、その様子を固唾を呑んで見守った。

「せーの」

目を瞑りながら引き金を引くと、カチッという空の音が鳴った。

「セーフ」

次は英明よと言われ、銃口が頭に向けられる。

「上を向いて」

確率は四分の一。

英明はガクガクと震えながら頭を上げる。逃げられない。恐怖で叫ぶこともできない。額には汗がにじむ。

「せーの」

カチッという音に、溜め込んでいた息を一気に吐き出した。

「英明もセーフね」

間を置かず、彼女は自らのこめかみに銃口をつけた。

表情を固まらせて引き金を引くが、またも、カチッという音がした。

英明の中で、複雑な思いが芽生え始めていた。

もし次もセーフなら、自分は生き残って蕪木は死ぬ。こんな女、死んでもいいと思っていた。

それなのに……。

「次は英明よ。とうとう二分の一。これでセーフなら……私ね」

寂しそうに言うと彼女は、英明の頭にピストルを向けた。今にも破裂しそうな心臓を、鎮めることができない。

後ろに縛られた両手を力強く握りしめ、目を瞑る。もう、何も言うことはない。

「いくわよ?」

息を思い切り吸い込み、グッと堪《こら》えた。

「せーの」

かけ声と同時に、蕪木は引き金を引いた。

英明の耳にカチッという音が聞こえた。

弾は出ていない。生きている。セーフだ。だが……。

「よかったね、英明じゃなくて」

優しい口調でそう言いながら、彼女は自らのこめかみに銃口をつけた。

「本気か、お前」

彼女は無言で頷いた。

「ルールは、ルールだもん」

自分でも不思議だったが、英明は蕪木を説得していた。

何も死ぬことはないと、そう思ったのだ。

「自首しろよ。死ぬくらいならもう自首しろ。これでもう終わるんだ。死ぬくらいなら……」

言葉の途中で彼女は言った。

「さよなら」

英明は俯き、歯を食いしばった。

この女は、死ぬ。

その瞬間、乾いた火薬の音が、パンと部屋中に響いた。その結果を見ることができず、英明はいつまでも下を向いていた。すると、蕪木の声が降ってきた。

「なんちゃってね、英明」

その声に思わず顔を上げた。平然と立っているこの女に、今さらながら騙《だま》されていたと気がついた。

「いい加減にしろ！」

「嘘に決まってるでしょ。大体、本物の拳銃なんて手に入らないわよ」

惚けた顔が余計腹立たしい。

「やっぱり私のことが心配なのね。今のでよく分かったわ。ありがとう、英明」

こんな女に一瞬とはいえ同情してしまった自分に腹が立つ。

「もうそんなことどうでもいい！　もう終わりだ。終わるんだ」

蕪木はまだ納得しない。

「まだよ、英明。まだ終わらない。終われないの」

ふざけた口調から一変し、沈鬱な表情で彼女は言った。

「さあ、引いて」

箱の中に手を入れると、残されたクジはたったの一枚だった。

「さあ引いて。お願い、英明」

英明は引けなかった。最後だから、逆に引けないのだ。だが、これを取らなければ終わらない。

自分にそう言い聞かせ、最後の一枚を引き上げた。

クジを受け取った蕪木は、中身を確認しこう言った。

「やっとこのクジ、引いてくれたのね」

蕪木が優しく微笑んだ。

この一枚のクジで、何もかも終わるのだろう。英明はそう確信した。

2

「これが最後ね」

悲しそうに言って彼女は、クジの内容を英明に確認させた。英明は声に出して書かれてある文字を読んだ。

「愛の、誓い」

蕪木は無言で頷く。

「どうするつもりだ」

「愛の誓いを、二人でするの」

そして、

「愛してるって、私に言って」

と付け加えた。

「何言ってるんだ」

「お願い」

本気の様子に、思わず言葉に詰まった。

「英明が言ってくれたら、何もかも終わらせるから」

終わる。何もかも。

事件は解決し、彼女は罪を償う。

もう、この女に怯えずにすむ。

「お願い。小学生の時、言ってくれたよね？　もう一度その言葉を聞きたいの。それだけなの」

小学生の時に、『×ゲーム』で告白をした時の思い出が鮮明に蘇る。

時を経て、犠牲者を出しても、最後は結局この言葉なのか。

「お願い。愛してるって言って」

嘘でもいい。愛していると言えばいい。言えば終わる。全てが終わるのだ。しかし……。

「お願い、英明。もう一度だけ私に聞かせて」

蕪木が迫ってくる。

「お願いだから」

英明は顔を上げた。悲しげな目で自分を見つめる蕪木が目の前に立っていた。

「英明……」

何もかも終わるのなら……。

「愛してる」

それでも蕪木の目は見ずに言った。

「愛してる」

「もう一度」

英明は声を張り上げた。

「愛してる！」

その言葉が部屋中に響いても、彼女はしつこいくらいに確認をしてきた。

「本当に？　本当に私を愛してる？」

英明は俯いたまま、深く頷いた。

「ああ。愛してるよ。お前を、愛してる」

そう、これは口先だけだ。言わされているだけなのだと、自らに強く言い聞かせた。

「ありがとう、英明」

蕪木の涙声が聞こえてきた。

「私も愛してるわ。英明が面と向かって言ってくれたのは小学校以来ね？　すごく嬉しい。なんだか、あの時に戻ったような気分」

あの時の『×ゲーム』のあの一言のせいで、こんなことになろうとは……。

「もう……」

彼女の口調が何かを吹っ切ったように少し明るくなった。

「これでもう、思い残すことは何もないかな。英明からその言葉が聞ければ、私に思い残すことは何もない」

そして、「何も……」と呟いて、部屋から出ていった。その様子を見守った後、英明は全身の力を抜き、安堵の息を洩らした。

終わったのだ。これで。

多くの犠牲者を出したこの事件は、幕を下ろした。

その時、扉の開く音が耳に響いた。

「お前……」

彼女の右手には、包丁が握られている。ゆらりゆらりと歩いてくる。

「どういうつもりだ……」

「言ったでしょ。私にはもう、思い残すことは何もないの。私は捕まったら一生、刑務所で暮らさなきゃならなくなる。英明の顔だってもう見られないよ。それくらいなら……」

「まさか」

「ほんの少しの時間だったけど、英明と一緒にいられて幸せだった。これからもずっと一緒にいたい。だから……二人で」

次の言葉で、頭が真っ白になった。

「死んでほしいの……一緒に」

死ぬ？

一緒に？

「二人にとってこれが一番いい方法なの。だって英明、愛してるって言ってくれたよね？　私も愛してる。これからずっと二人でいようね。天国に行っても」

包丁を持った蕪木が一歩近づいた。英明は声を振り絞り、震えながら言った。

「やめろ……来るな」

「これからずっと二人でいられるのよ」

まずい。こいつは本気だ。

「頼む……。やめてくれ」

その声など彼女の耳には届いていないようだ。今は包丁を両手で握りしめている。

「まず英明からいって。私は後を追うから」

包丁がゆっくり近づいてくる。

やめろ……。やめてくれ。

縄を振りほどこうと窮屈な身体を必死に動かす。

「いい？　英明、ちょっとの間だけ我慢して」

殺されると思ったその瞬間、蕪木に優しくキスをされた。英明は押しあてられた唇が離れるまで、目を開けたまま呆然としていた。

蕪木は本気だ。俺を殺して、本当に自分も死ぬつもりだ。

もう、駄目だ……。

「いくよ？」

その時だった。

「警察だ！　ここを開けろ！」

一瞬訳が分からず、英明は玄関に目をやった。

どうして、警察がここへ……。

とにかく早く来てくれ！　助けてくれ！

「もう、時間がないみたいね」

警察の声に怯むことなく、彼女は静かに言った。

そしてゆっくりと英明の前に立ちはだかった。

「開けろ！　開けるんだ！」

外からの激しい怒声。

包丁を握りしめた蕪木は、最後にこう言った。

「愛してるよ、英明。これからもずっとずっと一緒よ。二人でいようね」

そして叫びながら英明の身体に思い切り突っ込んできた。

「うわぁっ！」

蕪木の全体重がかかった包丁は英明の腹部に深々と突き刺さった。そして彼女は一度包丁を抜き、再び力強く腹部を刺した。

力が、抜けていく……。

3

意識が薄れ始めた。

包丁が引き抜かれると、真っ赤な血がドクドクと溢れ、ドロッとした粘り気を帯びながら、床一面に広がっていった。

もう死ぬんだ。冷静にそう考えていた。

死ぬ時は、こんなものなのだろうか。

「ここを開けろ！」

蕪木は警察の言葉を聞き流し、英明に声をかけた。

「もう少しの我慢よ。すぐ楽になれるからね。今から私も、英明の後を追うから。ずっと一緒にいようね」

そう言い終えると、血まみれの包丁を自らに向けた。そして大きく深呼吸して、

「愛してる、英明」

と囁いた。包丁を握る手に力がこもる。

その時だった。銃声がして、慌ただしい足音が響いてきた。

「動くな！」

意識がぼやけていく中、英明は力なく顔を上げた。そこには背広を着た刑事と、大勢の警官が立っていた。その中に、赤間もいるのだろうか。

「警察だ！　そこから一歩も動くな！」

蕪木は自分に向けていた包丁を警官に向け、怒声を放った。

「来るな！」

警察は一歩も動けない。

「包丁を捨てろ！」

蕪木は首を横に振り、言葉を震わせながら言った。

「どうして邪魔をする。どうして私と英明の邪魔をする！　私たちは愛し合っているんだ！　それなのにどうして邪魔されなければならない。一緒に死んで何が悪い。ずっと二人でいるんだ。それなのにどうして……」

腹部に深い傷を負った英明は、蕪木と警察とのやり取りをただ見つめるだけだった。

「早く包丁を捨てろ！」

警察の必死の説得にも、彼女は応じようとはしなかった。

「いいのこれで。これから私も英明の後を追うの。だから邪魔しないで」

命令を聞こうともしない蕪木に、背広姿の刑事が拳銃を取り出し、銃口を向けた。

「そこをどけ！　どかなければ撃つぞ！」

銃口を向けられても蕪木は動こうとはしなかった。

「どけ！」

それでも彼女は無言のままだった。

「これが最後だ。どけ！　撃つぞ！」

警告を発する刑事に、蕪木は静かにこう言った。

「もう……遅いわ」

そして力一杯、包丁を自分の胸に突き刺した。恍惚《こうこつ》の表情を浮かべながら、二度、三度と。

「愛してるわ、英明。愛してる」

いつまでもそう繰り返しながら。

警官たちは思わず立ちつくしていた。

血まみれになった蕪木は包丁を床に落とし、血を流しながら英明に抱きついてきた。そして、耳元で囁いた。

「ごめんね、英明。私のせいで。でも、最後に英明と一緒にいられて嬉しかったよ。これからもずっと……。一緒に……」

それが最後の言葉だった。

蕪木は英明にもたれかかったまま力尽きた。

英明はそのまま静かに目を閉じた。

『×ゲーム』

『×ゲーム』

『×ゲーム』

剛司、哲也、正の三人に冷やかされ、蕪木に告白した過去が少しずつ消えていくようだった。全てはあの一言から始まったのだ。

「か、確保！　確保しろ！」

一斉に警官たちは二人を取り囲む。

「大丈夫か？」

警官の一人に声をかけられ、英明は薄目を開けて声を振り絞った。

「僕たちを、早く……病院へ」

4

ぼやけた視界が次第にハッキリしていく。ここが病院の個室なのだと理解するまで、しばらく時間がかかった。

蕪木に二度刺され、彼女も自分の身体を包丁で何度も刺し、抱きつかれた時に警官に囲まれた。それからの記憶はないが、どうやら助かったようだ。

英明は、静かに目を閉じた。何もかも忘れたい。

そう思った矢先、病室の扉が開いた。

「赤間さん……」

その小さな声を耳にして、赤間が歩み寄ってくる。

「やっと気がついたか……よかった。いつ頃、目が覚めた？」

「今です」

「そうか。この病院に運ばれてからずっと君は眠りっぱなしだったんだ。夢にうなされてね」

夢？

見ていたような気もする。

蕪木と一緒に死ぬ夢だったろうか。

「そうですか……」

起きあがろうとすると、痛みが走った。

「無理するな」

「いえ、大丈夫です。すみませんが手を貸してください」

半身を起こした英明はその時、理香子のことを思い出した。

「そうだ赤間さん、理香子は？　理香子はどこですか？」

「安心していいよ。精神的なショックはかなり激しいが、命に別状はない。今は違う病院のベッドにいる。君のことを心配しているよ」

「理香子……」

「君は非常に運がよかった。彼女がいなかったら、君は確実に蕪木に殺されていたからね」

「どういうことですか？」

「蕪木は君を迎えに行く時に、彼女を藤沢の適当な場所に捨てたんだ。たまたまパトロール中の警官が彼女を発見して、事情を聞こうとしたんだが、彼女は気を失ってしまったようだ。すぐに病院に運んだんだが、その時の姿はひどいものだったらしい。服や身体が真っ黒く染まっていたようだ」

「黒く？」

「ああ。どうやら全身に墨汁を浴びせられたようだ。まあ、どこにも怪我がなかったことだけは幸いだった」

「それで？」

「すぐに捜査本部から何人かが病院に向かった。彼女の意識が戻るのを待って話を聞くと、『蕪木のアパートは平塚にある。あの風景は間違いない』と断言したんだ」

英明はすぐに納得できた。

「そうか」

「彼女は高校時代、平塚の私立高校へ通っていたんだな。蕪木が君を迎えに行く途中、彼女は目隠しをされてはいなかった。だからすぐにここが平塚だと分かったそうだよ」

「そうだったんですか」

「捜査本部では場所が平塚だということは分かっても、どのアパートなのか見当がつかなかった。蕪木が乗っていた車は盗難車で、なかなか見つけだすことができなかった」

「じゃあ、どうして」

「君の叫び声だよ。君の叫び声を聞いた隣の住人が不審に思って、警察に通報したんだ」

そうだったのか……。

理香子が……俺を。

そう思うと、涙がにじんできた。

彼女は自分のことを心配してくれているらしいが、もう会わないほうがいいのかもしれない。

こんな酷い目に遭わせてしまったのだ。

「まさか、整形していたとはな」

失敗した整形手術。濁った瞳。

「蕪木はあのアパートを借りる時、偽名を使っていたそうだ」

「偽名？」

「小久保毬子」

英明は、力なく頷いた。

「それと」

「何です？」

「まだ気がつかないのか」

その言葉に、英明は急に不安になってきた。この上、まだ何かあるのだろうか。

「何です？」

「自分の身体に違和感を覚えないか」

「え？」

腹部の傷。痛み。

それともう一つ。言われて初めて腕の痛みを感じた。

「そういえば……あれっ」

パジャマの上から右腕を触ってみると、包帯が巻かれているのが分かる。

どういうことだ。

腕には怪我を負っていないはずだ。それなのにどうして……。

「何が、あったんです？」

恐る恐る聞くと、赤間は口を開いた。

「あの女の恐ろしさを改めて感じたよ。蕪木に抱きつかれてから、君は意識を失った。その直後に、血まみれになった蕪木は床に落とした包丁を拾って、君の右腕に『×』という印を刻んだんだ」

「まさか!」

「驚きのあまり我々は誰も動けなかったよ。『×』を刻み、再び蕪木が倒れるまでは」

やり残したことを思い出し、死を間近に控えながら右腕に『×』と……。

「蕪木……毬子」

『×ゲーム』のあの一言から全ては始まった。そして幕が閉じたのだ。

英明は何もかも忘れようと思った。

「終わったんですね……。何もかも」

その言葉に、心なしか赤間の顔が鋭くなった。

「まだだ。勘違いするな」

ドクン。動機が高まる。

何だ。何なんだ。

「どういう意味です」

英明は次の言葉を静かに待った。赤間は強い口調で言った。

「蕪木は生きてるぞ。現在も意識不明の重体だが、別の病院のベッドにいる」

その瞬間、時が止まった。

「ただ」

「ただ？」

「今も生きていること自体、奇跡だそうだ。このまま目を覚ますかどうかは……今のところ分からないらしい。それにもかかわらず……」

「なんですか……」

「時折、君の名前を呼んでいるらしい」

英明……。

英明……。

「嘘……だろ」

今にもその声が聞こえてきそうだった。

目を、覚ますかもしれない。

そして、病的な愛が、また始まるかもしれない。

「蕪木……」

本当の戦いは、これからなのではないかと、英明は漠然とそんな予感を抱いた。

エピローグ

満月の夜、病院内に響く足音。

304号室……。

305号室……。

真夜中とはいえ、こんなにも簡単に病院に忍び込むことができるとは思わなかった。

まさか、こんな形で事件が終わりを告げるなんて……。

「306号室……」

探していたネームプレートを見つけ、病室のドアを静かに開けた。

ピッピッという機械の音と、繰り返される苦しそうな寝息。

哀れみのこもった表情を浮かべながら、石松正はベッドに歩み寄った。そこには、酸素マスクを顔に当てた蕪木毬子が眠っていた。

「毬子……」

彼女を見つめていると、自然とあの日のことを思い出してしまう。

『僕が毬ちゃんを守ってあげる……』

父親を亡くして悲しんでいる毬子にそう約束した正は、できるだけ彼女のそばにいてやった。それだけで守ってやっている気になっていた。そしてずっと仲良くしていけると思っていた。だが小学校に上がると、二人の仲は引き裂かれた。小久保英明たちと知り合ってしまったのだ。それだけならまだよかったのだが、残酷にも彼女がいじめの的となってしまった。仲間はずれにされるのが怖くて、正は仕方なく彼女をいじめた。毎日毎日ひどいいじめが繰り返され、胸が痛くて苦しかったが、毬子は許してくれた。私は我慢できると。その時、正は心に誓った。せめて陰で彼女を支えてやろうと。どんなことでもしてやろうと。

ちょうどその頃、英明が毬子に『×ゲーム』で告白した。それを本気にした彼女から相談を受けた。

どうしたら彼が私を振り向いてくれるだろう、と。

その日から全ては始まっていたのだ。

森野や剛司を殺す計画。そして、英明に愛の告白をすることが。

小学校を卒業してからの彼の行動を伝えていたのも正だ。つき合っている彼女の情報を流したのも。携帯番号を教えたのも。

ぐるだとバレないための工作もした。自分がいかにも彼女に襲われたふうを装い、『×』という字も彫った。全ては計画どおりに進んでいた。それなのに……結果的に彼女はこんな目に……。

約束を守ってやることができず、正は申し訳なさでいっぱいだった。せめて英明と結ばれてほしかったが、彼女はもう目を覚まさないかもしれないという。

もしこのまま死んでしまったら、悔やんでも悔やみきれない。俺は一生罪悪感を背負って生きていくことになるだろう。

「ごめんな……毬子」

ただ……。

仮に目を覚ましたとしたら……。

彼女の愛に終わりはないだろう。

その時はもちろん、陰で手助けをするつもりだ。

「大丈夫だよ……毬子」

正はそっと、彼女の頬に手を当てた……。

本書は書き下ろしです。
原稿枚数363枚（400字詰め）。

〈著者紹介〉
山田悠介　1981年東京都生まれ。2001年のデビュー作『リアル鬼ごっこ』(幻冬舎文庫)が20万部を超えるベストセラーとなり、若者の圧倒的な支持を受ける。著書に『@ベイビーメール』『8.11』(ともに文芸社)、『親指さがし』(小社)、『パズル』(角川書店)がある。

×《バツ》ゲーム
2004年8月25日　第1刷発行

著　者　山田悠介
発行者　見城 徹

発行所　株式会社 幻冬舎
〒151-0051 東京都渋谷区千駄ヶ谷4-9-7

電話:03(5411)6211(編集)
03(5411)6222(営業)
振替:00120-8-767643
印刷・製本所:株式会社 光邦

検印廃止

ISBN 4-344-00663-1 C0093
幻冬舎ホームページアドレス　http://www.gentosha.co.jp/

この本に関するご意見・ご感想をメールでお寄せいただく場合は、
comment@gentosha.co.jpまで。